起跑線

文揚 著

博客思出版社

目次 contents

一、離開中國前夜

客廳裡開著空調，但還是熱，是悶熱，那種喘不過氣來的熱，臉上汗津津，油膩膩的，衣服緊貼著皮膚，空氣都好像被熱凝固了。關蘇月往嘴裡扒最後一口飯的時候，看見裡面有一根頭髮。她撿起那根頭髮。頭髮不長，六七公分長，黑黑的有些硬，不是她的頭髮。關蘇月的頭髮是馬尾辮，比母親的頭髮長，而且她的頭髮是深棕色的，頭髮很細很軟。小時候，關蘇月的頭髮還要黃一些，那個時候還不時興染黃頭髮，大家都嘲笑她的頭髮黃得像一堆稻草，叫她黃毛ㄚ頭。頭髮一定是母親的，母親最近頭髮掉得特別厲害，拿把掃帚隨便在地上一掃，就會看到掃帚尖上沾了不少頭髮。關蘇月沒有做聲，把頭髮悄悄扔到地上。

吃完飯，關蘇月起身把碗筷放到廚房的水槽裡，從桌上的紙巾盒裡抽了一張紙巾擦擦嘴，對還在吃飯的父母說：「屋裡太悶熱了，我想出去走走。」父親看了她一眼，沒有作聲，母親抬起頭，望著她，你要去哪裡？」

關蘇月說：「我想去江邊走走，那裡涼快一些。」

母親拿著筷子的手動了動，說：「月月，你的東西都收拾好了吧？要帶到美國去的東西都裝進箱子裡了吧？再想一想，不要有什麼漏掉的。」

關蘇月覺得母親也太健忘了，今天下午整理箱包的時候，母親拿著一張記得密密麻麻的清單，和她一起把兩個要托運的大箱子裡面的東西統統過目了一遍，除了早晚要用的洗涮用具外，所有要帶的東西都帶上了。關蘇月瞟了一眼過道上立著的兩個黑色大箱子，說：「媽媽，你下午都檢查過了的，所有要帶到美國去的東西都放進箱子裡了。」

母親的嘴巴動了動，好像要說什麼，又閉上了，說：「記得早點回來，不要在外面待得太晚了，今天晚上我們都要早點睡，明天清早還要起來趕飛機。」

關蘇月說：「媽媽，我知道，我會早點回來的。」

關蘇月走到門口，換了鞋，手握著門把手正要拉開門，父親說話了，月月，明天你就要去美國了，今天是你最後一個晚上在家，你就不想和你媽多說一會兒話。

關蘇月的手停住了，她轉過頭朝母親看過去，母親向關蘇月揚了揚下巴，說：「你去吧，記得早點回來。」

太陽已經落山了，西邊最後一抹橙紅色的雲彩落了下去，天色變得灰暗起來，但空氣的熱度一點都沒有減，沒有一絲風，整個天空就像一個倒扣的蒸鍋。路邊的花草無精打采地耷拉著，仿佛被熱抽掉了脊梁骨。關蘇月走過小廣場。小廣場此時已經熱鬧起來，一個中年女子牽著一條雪白的哈巴狗在遛狗，哈巴狗很可愛，四隻腿有些短，跑起來像一隻搖擺的企鵝，但有些耀武揚威，見人就衝上去汪汪大叫。一個年輕媽媽在扶著寶寶走路，幾個帶孩子的大媽站在一起說話，眼睛不時瞟一眼在旁邊玩耍的小孩。

關蘇月走到小區門口，站在值班室門口的周伯叫住了她，蘇月，聽說你要去美國讀高中，是真的嗎？

關蘇月停下來，拿出紙巾擦著頭上的汗，嘴裡回答，是真的。

周伯問：「你什麼時候去美國？」

關蘇月說：「明天早上的飛機。」

周伯驚訝道，明天就走，這麼快呀，說走就走了，你父母真捨得你去美國？

關蘇月雙手絞著紙巾，沒有回答。

周伯問：「聽說你美國那邊還有親戚？」

關蘇月說：「嗯，我大姨在美國。」

周伯說：「美國那邊有親戚就好，你到了美國也有個照應。」

關蘇月沒有作聲，心裡想，我才不要大姨照應呢，我在學校裡寄宿，和大姨隔著一千多公里呢。

周伯說：「你去美國，要在北京轉機吧？」

關蘇月點頭，嗯，在北京轉機。

周伯說：「是不是所有去美國的飛機都要在北京轉機呀？」

關蘇月說：「也不是，現在好多城市都可以直飛美國了。」

周伯又問：「從北京到美國要飛多少小時？」

關蘇月想了想，說：「我從北京飛到美國洛杉磯，大概要十五六個小時吧，我到了洛杉磯還要轉飛機，飛丹佛，這一路總共要飛二十多個小時呢，還不包括在機場轉機的時間。」

周伯的眼睛瞪圓了，說：「我的老天爺，你去美國要飛二十多個小時呀，要是換了我，這把老骨頭非坐散架了不可。」

關蘇月笑笑，她覺得周伯說話也太誇張了，她還沒有聽說過有人坐飛機把骨頭坐散架了的，不過，坐長途飛機，確實是一件很無聊的事。

這時，一個女人推著一輛小孩車過來，嗓門很大地和周伯打招呼，關蘇月趁他們打招呼的機會趕緊走開了。

關蘇月出了小區後往左拐，沿著一條不寬的水泥路往江邊走去。關蘇月走過一家百貨小超市時，往裡面看了一眼。這個小超市是她經常來的地方，她家吃的牛奶雞蛋，用的洗液香波都是在這家小超市買的。明亮的燈光下，胖胖的老板娘正在向一個顧客推銷一種固體酸奶，是碗狀的，碗口上有個滑稽的卡通人物，這也是關蘇月最喜歡吃的一種酸奶，她喜歡草莓味的。

關蘇月走過十字路口。十字路口對面是一家牛肉米粉店，經營這家米粉店的是一對年輕的夫妻。關蘇月經常來這裡吃米粉，她特別喜歡吃店裡的紅燒牛腩米粉，雪白的米粉泡在濃濃的紅油湯汁裡，上面鋪著蔥花和幾塊色澤紅亮，酥而不爛的牛腩塊，關蘇月可以說是百吃不厭。這對夫妻為人也特別好。一個上學的早晨，關蘇月起來遲了，來店裡吃米粉，匆忙中忘了帶錢包，結果夫妻倆免費送了她一碗紅燒牛肉米粉。關蘇月停下來默默看了一會那對夫妻在燈光下忙碌的身影，她的心裡一陣惆悵，去了美國後，她再也吃不到這樣好吃的牛腩米粉了。

沿江的長廊上到處都是人。人們肩膀擦著肩膀，腳尖碰著腳跟，還有調皮的小孩子像泥鰍一樣在人群中鑽來鑽去，小販的吆喝聲此起彼伏，給關蘇月的感覺是，好像整個城市的人都跑到江邊來避暑了。其實，江邊一點兒都不涼快，她感覺不到一絲絲風，空氣中瀰漫著人們身上發出的熱氣，汗氣，狐臭氣……憋得關蘇月喘不過氣來，她想找一個清靜一點，涼快一點的地方坐下來。關蘇月沿著長廊走了一段路，看到一個通往江邊的出口，她從出口出去，順石階而下，在靠近江水的石階上坐下來。

夜空下的江水，像一塊巨大的灰色綢緞，微微起伏著，閃著碎銀般的光亮，不時有船隻駛過江面，燈光飄搖，波浪疊起，江水拍岸發出輕微的汩汩聲。

關蘇月坐在石階上，默默地望著江水，漸漸地眼裡有了淚水，她想到明天就要離開這片她無比熟悉的地方，獨自一個人去美國讀書了，心裡充滿了傷感和茫然。十五歲的關蘇月，從小就沒有離開過家，沒有離開過父母，但現在，她卻要去大西洋彼岸的美國上高中去了，簡直就跟做夢一樣。美國對關蘇月來說太陌生也太遙遠了，那裡沒有父母，也沒有一起長大的朋友和同學，那裡連語言和文字都不一樣。可是，關蘇月做不了自己的主，母親像是著了魔似的一定要把她送到美國留學，為此不惜把家裡的另一套房子賣了。關蘇月想，要怪只能怪自己不爭氣，進不了市重點高中，用母親的話說：「她一開始就輸在了起跑線上。現在，輸在國內起跑線的關蘇月，不得不千里迢迢坐飛機飛往美國，在新的起跑線上跑了。」

關蘇月小時候是個很聽話的乖乖女，小學幾年幾乎沒有讓父母操過心，成績一直是班上的佼佼者，可是進了初中之後，也不知道走了什麼倒楣運，她的學習成績就像是一條拋物線到了頂點，開始迅速往下滑。母親急得到處給她請家教，報各種補習班，她也很努力的學習，每天早晨天還沒有亮就起來，晚上要到很晚才睡覺，幾乎把所有能利用的時間都花在學習上了，可是不管關蘇月如何努力，她的成績就是進不了班上的前十五名，進不了前十五名就意味著進不了市重點高中。

不知道從什麼時候開始，家裡的氣氛變得緊張沉悶起來。家裡再也聽不到往日歡快的笑聲，取而代之的是母親長長的嘆息，還有喋喋不休的抱怨和嘮叨，關蘇月也失去了以前屬於自已的小小空間，晚上在房裡做作業時，母親像個監工一樣坐在邊上，一雙眼睛錐子似地杵在她身上，弄得她如坐針氈，本來還算清醒的腦子也變成了一團漿糊……

關蘇月想到這裡，不由自主地嘆了一口氣，也許去美國算是一種解脫吧，至少不會只要回到家就在母親的眼皮底下，聽母親的抱怨了。關蘇月這樣安慰著自己。

不知坐了多久，手機鈴聲響了，是母親的電話，問關蘇月，月月，你現在在哪裡？

關蘇月說：「我在江邊。」

母親問：「你是一個人還是和同學在一起？」

關蘇月說：「我一個人。」

母親說：「你該回家了，明天我們要起得很早去機場，你今天晚上不能睡得太晚。」

關蘇月心裡想：「早點睡覺，躺在床上還不知道睡不睡得著呢。她對母親說：「我知道了，我馬上就回家。」

走進家門，關蘇月看見原先立在走廊上的一個黑箱子被打開了，開膛破肚地躺在客廳的地板上，裡面裝著她個人的隱私，內褲，胸罩，衛生巾之類的東西全都暴露在光天化日之下。關蘇月的臉上一陣發熱，她顧不得換上拖鞋，光著兩隻腳衝過去，啪的一下把箱子蓋上了。

母親從臥室裡出來，她的手裡拿著兩個包裝精美的茶葉盒。母親對關蘇月說：「月月，這是我給你在美國的大姨準備的兩筒茶葉，今天下午忘記放進去了，剛才才想起來，這是最好的信陽毛尖，要好幾千塊錢一斤呢。」關蘇月從母親手裡拿過茶葉盒，掀開箱蓋的一角，把茶葉盒馬馬虎虎塞了進去。母親一把拉住她，不滿地說：「這箱子是要托運的，茶葉盒不能放在邊上，托運時會把盒子摔扁的。」關蘇月撅著嘴說：「盒子摔扁了有什麼關係，反正也不會影響茶葉質量。母親瞪了關蘇月一眼，彎下腰把箱子打開，把裡面的茶葉盒拿出來，用一塊浴巾把茶葉盒仔細包好，重新放到箱子裡面。」關蘇月拉上箱子拉鏈，把箱子拖進了自已的房間。

過了一會，母親進來了，父親跟在後面。母親的手裡拿著一張嶄新的信用卡，她把信用卡鄭重地交給關蘇月，說：「月月，這是我和你爸爸給你辦的信用卡，每月額度是五百美元，給你在美國用，你把信用卡收好，不要弄丟了或者被小偷偷走了。」

關蘇月接過信用卡，眼睛突然有些濕潤，她對母親說：「媽媽，你放心，我不會把信用卡弄丟的，我在美國也不會亂花錢。」

關蘇月把隨身攜帶的小包拿出來，打開裡面帶拉鏈的夾層，把信用卡放進去。母親看著，還不放心，拿過小包又檢查了一遍放在包裡的護照和美元現金，對關蘇月說：「這小包裡面裝的都是重要的東西，一定要看管好，做到包不離人，要是弄丟了，麻煩就大了。」

關蘇月點頭，說：「我知道，我不會弄丟的。」

母親說：「我已經把你的航班號和飛機到達洛杉磯的時間發給了你大姨，你大姨說她會專程來洛杉磯機場接你。你到了北京機場，轉機去洛杉磯時，不要忘了在登機前給你大姨發個短信，這樣她就會知道你上了去美國的飛機。」飛機到了洛杉磯機場後，你再和大姨電話聯繫。關蘇月點頭，一一答應著。

關蘇月到美國後，因為學校還沒有開學，她要在大姨家住三天，等到學校開學的那一天，大姨會專程送她去學校。母親囑咐說：「你住在大姨家裡，要聽大姨和大姨夫的話，不要給他們添麻煩，手腳勤快一些，主動幫大姨洗碗，搞衛生，不能像在家裡，什麼家務事都不要你做。還有，在大姨家吃飯不要挑食，大姨做什麼你就吃什麼，不要覺得菜不好吃就不動筷子……」

關蘇月打斷母親的話說：「媽媽，我又不是小孩子了，我知道在大姨家該怎麼做，你放心，不會給你丟臉的。」

母親笑了，說：「月月到底是懂事了。」

母親說完後沒有走，而是在書桌邊的椅子上坐下來，臉上的表情變得凝重起來。關蘇月的頭皮一陣發緊，她知道母親接下來會說什麼，這些話她聽得太多了，如果耳朵和手腳一樣可以長出繭子的話，她相信自已的耳朵肯定也會起老繭了。但不管她願不願意聽，她都不能走，她只能硬著頭皮聽下去。

母親說：「月月，你是知道的，我和你爸都是普通工薪階級，家裡不富裕，這次，為了能讓你去美國讀高中，我們貼上了老本，把萬家花園的那套房子賣了，我的朋友和同事都勸我不要賣房子，說如今房價瘋了似地往上漲，要我留著那套房子，以後可以賣個好價錢，可我和你爸不那麼想，我們考慮的不是錢，是你今後的前途，只要你在美國好好讀書，今後有出息，給我們爭氣，這房子就賣得值！」所以，我和你爸對你的希望就是，母親說到這裡，頓了頓，以示強調，你到了美國以後，要努力學習，爭取讀完高中後能夠考上美國著名的常春藤大學。

父親接著說：「月月，我們這也是為你今後的前途著想，你今後大學畢業後還是要回中國工作的，如今出國留學的人越來越多，不像以前出國的人鳳毛麟角，只要是在國外留過學的，不管你讀什麼大學，回國後國家都把你當寶貝用，現在不行了，你如果留學回來想找一個好工作的話，招工單位還要看你在國外讀的是什麼大學，不是世界著名的大學，人家還不會要你。」

關蘇月的眼睛望著牆上的一副薰衣草畫。這幅畫是關蘇月買回來的。那一次，她和同學去東門口步行街玩，看到廣場上有人在賣畫，便走過去看，她第一眼就看中了這幅薰衣草畫。畫面上，漫山遍野的紫色薰衣草，開得恣意燦爛，如煙似霧，正是落日時分，五彩雲霞層層相疊，天上和地上的美景渾然一體。

母親說：「月月，你爸爸說得對，你也不要怪我們對你的要求太高，國內的就業情況就是這樣，今後只會越來越嚴峻，我們要看得遠一些。」

母親說完話，眼睛看著關蘇月，屋裡出現了短暫的沈默。關蘇月知道父母在等她的回答，也知道他們想聽她說什麼，但她不想說，她覺得心裡堵得慌，有些喘不過氣來，她看看母親，又看看父親，一股怨氣突然衝上來，說：「爸爸，媽媽，如果我高中畢業後考不上美國常春藤大學的話，你們是不是覺得很失望，很後悔，覺得你們賣房子的錢都打水飄了。」

話一說出口，關蘇月立即就後悔了，自已是不是太過分了？她有些心虛地望了父母一眼，眼皮垂下來，盯著自已的腳尖。一陣令人難堪的沈默，只有空調機發出單調沈悶的嗡嗡聲。

過了一會，父親說話了，語氣有些激動，月月，你怎麼能夠這樣對你的父母說話呢？我和你媽省吃儉用，把積攢了一輩子的積蓄拿出來送你去美國留學，你至少要有起碼的感恩心吧，你居然這麼說，你太叫我們寒心了。

關蘇月心裡又後悔，又委屈，心想，我也沒有要你們花錢送我去美國讀書，是你們要我去的，我就是一塊糊不上牆壁的稀泥巴，去了美國也糊不上，你們也不能怪我。糊不上牆壁的稀泥巴這句話，是母親說的，那是一次期末考試後，關蘇月又沒有考好，母親又氣又急，數落她說：「你都上了那麼多補習班了，還考不好，真是一塊糊不上牆壁的稀泥巴。」

母親說話了，語氣出奇意外地很平和，月月，你不要有思想包袱，其實美國常春藤大學也不是你想像的那麼難考，那麼高不可攀，畢竟兩國的國情不一樣。中國的高考就像千軍萬馬走獨木橋，競爭性確實太大了，這是因為在你面前只有高考這一條出路，所以學校的老師，還有家長只能把學生往死裡逼，弄得學生連喘口氣的時間都沒有，但美國學校就不一樣了，沒有這樣大的壓力，我聽說：「有很多美國高中生還不想上大學，即便想上大學的學生，也不是眼裡只有頂尖名牌大學，我就聽說美國有一個高考滿分，被哈佛耶魯同時錄取了的學生，自己卻選擇去了紐約大學。」所以，美國學生之間的競爭力也沒有中國學生的大。月月，我對你是有信心的，憑你在中國打下的扎實基礎，再加上你自身的努力，考上美國的常春藤大學不是一件難事，關鍵是你要對自已有信心，相信自己一定能行！別人能做到的，我相信你也一定能夠做到！

關蘇月沒有說話，她看著自已的腳尖，心裡想，我當然會努力學習，但將來能不能考上常春藤大學，只能看自己的運氣了。

第二天清晨，當啟明星還掛在天上的時候，一家人便出發去機場。關蘇月的父親開車。清晨的空氣清新涼爽。城市還沒有完全蘇醒過來，路上的車輛不多，車子開起來非常暢快。一路上，沒有人說話，大家都保持沈默。關蘇月看著窗外，高高低低的建築物在微亮的天光下，朦朧得像剪影一樣，往遠處看，看得見江水像腰帶一樣細長的影子。關蘇月在心裡說：「再見了，新林市，再見了，新林江。」

車子開進機場停車場，父親把兩個大箱子從車子的後備箱拿下來，父親和母親一人拉著一個，關蘇月伸手要拿過母親手裡的箱子，被母親擋住了，說：「月月，一路上有你拿行李的時候。」

在機場安檢門前和父母告別時，關蘇月說：「爸爸，媽媽，我走了，你們一定要照顧好自己，爸爸有高血壓，別忘了每天吃藥，媽媽睡眠不好，最好睡前喝一杯牛奶。」關蘇月在那一刻，突然覺得自已長大了，她甚至有一種衝動，想擁抱一下母親，但也只是想想而已，關蘇月並沒有張開雙臂，她和母親之間好像從來沒有過這種親熱的舉動。

當關蘇月走過安檢門，再一次回頭望隔著玻璃門的父母時，她的眼淚嘩的一下流了下來，她趕緊轉過頭，快步往安檢口走去。

二、入境美國

在北京下飛機後，關蘇月去行李提取處拿了托運的箱子，推著行李車來到機場大廳。北京機場真是太大了！來來往往的人像穿梭一樣從她面前經過，她站在那裡東張西望，連方向都弄不清。關蘇月雖然不是第一次來北京機場，但這是她第一次單獨一人在北京機場。好在，關蘇月在北京機場有五個多小時的候機時間，她有足夠的時間辦理轉機和托運行李的手續。

關蘇月定定神，想起母親臨行前囑咐她的話，到了機場，嘴巴要勤快一些，不要怕找人問，俗話說：「嘴巴下面就是路。」母親還說：「問路要多問幾個人，因為有的人並不一定說得清楚，而且，不要逮著誰都問，最好是問穿制服的人，不管是機場工作人員，機場保安還是警察都行，他們的話比較靠得住。」所以，關蘇月在北京機場只問那些穿制服的工作人員。果然，她很順利地找到國際機場，辦了行李托運，通過安檢後，來到指定的登機口候機。

候車室裡已經坐了不少人，靠窗的一排座位上坐著幾個外國人，但更多的是中國人。關蘇月在一對中年夫妻邊上坐下來。中年夫妻帶了一個三四歲的小男孩，小男孩很淘氣，跑來跑去一刻也不得安寧。關蘇月看看手機，離飛機起飛時間還有三個多小時，她開始玩起手機遊戲來。不知不覺兩個小時過去了。關蘇月抬起頭來往周圍看，發現坐在她旁邊的那對帶小孩的夫妻不見了，原來坐在靠窗位置的幾個老外也不見了。關蘇月覺得好像有什麼地方不對勁，她朝登機口的告示牌望過去，這一望便驚出了一身冷汗，原來那塊寫著去洛杉磯XX航班的牌子不見了，換成了一塊去溫哥華XX航班的牌子。關蘇月急忙從包裡拿出機票看，還好，時間並沒有弄錯，飛往洛杉磯的飛機還要過四十多分鐘才起飛。

關蘇月急忙拿著隨身行李走出候機室，看見一個穿制服的女工作人員走過來，趕忙上去詢問。女工作人員看了她的機票說：「你的航班可能是臨時換了登機口，要她去信息臺查看。」關蘇月急忙跑到信息臺，果然是去洛杉磯的航班臨時換了登機口，剛才關蘇月只顧玩遊戲了，沒有注意聽機場廣播的通知。當關蘇月一路奔跑，滿頭大汗來到新登機口時，去洛杉磯的航班已經開始登機檢票了。好險呀，自己差一點就誤了飛機！關蘇月擦著頭上的汗，覺得慶幸也覺得後怕，要是真的錯過了這趟班機，她該怎麼辦？關蘇月都不敢想像下去了。

在北京去洛杉磯的國際航班上，關蘇月坐在靠窗的位置，她旁邊坐著一位胖胖的美國大叔。美國大叔粗胳膊粗腿的，是兩個正常人加在一起的體積，他的屁股好不容易擠進了狹窄的座位，但胳膊和腿卻沒有辦法約束，需要額外的空間。關蘇月為了給美國大叔多讓出一點地方，盡可能把自己縮成一團擠在靠窗的角落裡。美國大叔很會抓緊時間睡覺，從北京到洛杉磯十幾個小時的飛行，他把頭靠在座椅背上，幾乎睡了全程，還錯過了一頓早餐。美國大叔的鼾聲也超級響，像火車進隧道的隆隆聲。關蘇月正好相反，她沒有一點睡意，腦子清醒得很，全程都在看飛機上提供的免費電影，連廁所都只去過一次。時間在不知不覺中過去了，當聽到飛機上的廣播通知大家準備著陸時，關蘇月才知道，她已經到達美國洛杉磯。

關蘇月下飛機後，給大姨打電話，告訴大姨她已經到了洛杉磯。大姨說：「她也到了洛杉磯，現在就在洛杉磯機場。」大姨為了接關蘇月，那天一大早就從丹佛坐飛機趕到洛杉磯。大姨要關蘇月通過入境檢查後給她打電話，她會在洛杉磯國際機場的出口處等她。大姨說：「月月，你下飛機後就跟著人流走，不會走錯的，所有坐國際航班進入美國的人，不管你是美國人還是外國人，都要通過入境檢查這一關。」

關蘇月隨著人流來到入境大廳。大廳很大，迎面立著兩個牌子，一個上面寫著，美國公民和永久居留者從這裡進，下面有一個往左的紅箭頭，另一個寫著，訪問者從這裡進，下面是一個向右的紅箭頭。下飛機的人流在這裡分成了兩股，一股進入美國公民和永久居留者通道，走這個通道的人不多，只有幾十個人，另一股大的人流進入訪問者通道，幾百人的隊伍沿著回形針一樣的圍欄一步一步往前緩慢移動。關蘇月旁邊的隊列裡有一個和她差不多大的男孩和他母親在一起。從母子兩人的談話中，關蘇月得知那男孩也和她一樣，是來美國讀書的小留學生。她突然有些傷感起來，不想再聽他們的談話，她把耳機帶上，打開手機，聽起音樂來。

仿佛等了半個世紀，終於輪到了她。

接待關蘇月的官員長著一臉絡腮鬍子，濃密的絡腮鬍子蓋住了他的嘴巴。關蘇月把護照和有關資料從文件袋裡拿出來，交給絡腮鬍子。絡腮鬍子看了護照，又翻了翻那疊資料，問關蘇月，你是一個人來美國的？沒有人陪伴你？絡腮鬍子的聲音不大，但發音很清楚，他說話的時候，關蘇月仍然看不見他的嘴巴，只看見他的胡須在輕輕抖動，弄得關蘇月都懷疑起她聽到的聲音究竟是不是從絡腮鬍子嘴裡發出來的，但格子間裡只有她和絡腮鬍子，不是絡腮鬍子在說話，還會是誰？

關蘇月說：「沒有人陪伴，我是一個人來美國的。」

絡腮鬍子又翻了一下資料，問：「你有什麼東西要申報的嗎？比如食品之類的東西？」

關蘇月搖搖頭，說：「沒有。」

你的學校什麼時候開學？

八月二十四號。

現在還不到開學時間，還有幾天，這幾天你住在哪裡？

住在丹佛，我大姨家。

絡腮鬍子犀利的目光在關蘇月的臉上停留了兩秒鐘，隨後，拿起桌上的印章在護照上蓋了章，把護照和材料交還給關蘇月，臉上毫無表情地說：「你可以走了。關蘇月沒有想到絡腮鬍子這麼快就放她過去了，還有些不敢相信，站在那裡沒有動，聽見絡腮鬍子在喊下一個，她才知道自己確實已經通過入境檢查了。」

從美國順利入境後，關蘇月的自信心一下子增強了很多，原來一個人獨自出國也不是像原來想像的那樣可怕。從踏上美國領土的那一刻，關蘇月便已經清楚，出弓沒有回頭箭，既來之則安之，她只能努力讓自已盡快適應新的環境。

關蘇月去行李提取處取回了兩個托運的大箱子，過海關通道時，關蘇月被一位女海關官員攔住了，對她說：「你的行李要開箱檢查。檢查就檢查吧，關蘇月心裡很坦然，反正她的行李箱裡沒有裝任何違禁物質。」

開箱檢查的地方也排著隊。關蘇月數了一下，她前面排了六個人，每個人都帶了一大堆行李。一個海關官員牽著一條檢疫狗走過來，關蘇月的注意力一下子被狗吸引了過去。這條狗長得好可愛！一身黑得像錦緞的毛，只有脖子上的一圈毛是白色的，好像戴了一個白色的圍脖，狗的一雙眼睛又黑又亮，充滿著警覺和靈性。檢疫狗神情專注地在行李堆中嗅著，頭轉過來，轉過去，尾巴不停地搖動，當狗嗅到關蘇月面前的行李箱時，關蘇月真想伸出手去摸一摸狗的頭，但她還是不敢，只好無比遺憾地看著這隻可愛的狗從她面前走過去。狗嗅到關蘇月後面一個面色黝黑的中年男子的行李時，突然汪汪大叫起來。那是一袋深藍色裝得鼓鼓囊囊的長形行李包，狗的兩隻前爪在上面不停地扒拉著，似乎想把裡面的東西扒出來。行李包的的主人很快被兩個海關官員帶走了，那條可愛的檢疫狗也隨著主人一同離開了。關蘇月戀戀不捨地望著狗的背影，心想，我長大了也要養一條這樣的狗。

三、洛杉磯轉機

關蘇月拖著行李出了海關，她在接站口見到了大姨。關蘇月已經有兩年多沒有見到大姨了。大姨看起來瘦了不少，原來一頭蓬鬆的捲髮也剪成了齊耳短頭髮，看起來顯得利索，更加有精神。關蘇月的母親和大姨雖然是親姐妹，但兩人的長相和身材都不一樣，母親身材苗條，下巴尖瘦，大姨則體態豐滿，下巴圓潤；兩個人的性格也不一樣，母親屬於那種精明強勢的人，大姨則給人一種隨和親切的感覺。

大姨看見關蘇月，哇地一聲叫了起來，月月都長這麼高了，差點都認不出來了，你現在有多高了？

關蘇月說：「大姨，我有一米六三了。」

大姨說：「哈，長得和我一樣高了，都說女大十八變，月月現在是越長越漂亮了。」

關蘇月被說得有些不好意思，說：「大姨，我們去哪裡托運行李呀？」

大姨說：「走，我帶你去。」

關蘇月看見靠牆放著一排行李車，連忙走過去想推一輛，但根本就推不動，定睛一看，原來行李車下面被鏈條鎖住了。大姨走過來，往旁邊的投幣孔裡投了兩個硬幣，行李車解鎖了。關蘇月這才知道，原來美國機場的行李車不是免費用的。

大姨問關蘇月，你在北京轉機還順利吧？

關蘇月說：「嗯……還行，但差一點就誤了飛機。」

大姨問：「那是怎麼回事？」

關蘇月便把事情的經過告訴了大姨。

大姨說：「飛機起飛前換登機口是經常發生的事，今後坐飛機時你要時刻留心機場的廣播通知，這樣才不會誤機。」

關蘇月點頭，說：「嗯，我知道了。」

大姨又問：「入境檢查還順利吧？」

關蘇月一下興奮起來，簡直是太順利了，我原來還以為入境官員會問我很多問題的，我都做好了準備，哪裡知道他只是問了四個非常簡單的問題，你是一個人來美國的嗎？你有什麼東西要申報呀？還有，你的學校什麼時候開學？學校開學前這幾天你住在哪裡？問完了就ＯＫ了，讓我走了。

大姨說：「入境官員關心的是你有不有移民傾向，看你一個小孩子沒有什麼可問的，問也問不出什麼名堂來。」

關蘇月最不喜歡別人說她小，聽大姨這樣說她，嘴巴一下噘了起來，大姨，我才不是小孩子呢，我都十六歲了。

大姨笑起來，月月，如果我沒有記錯的話，你還只有十五歲，即便你滿了十六歲，也還是小孩，十八歲才是成年人，要不大家怎麼都叫你小留學生。

關蘇月不服氣地說：「別看我只有十六歲，我覺得我還是蠻成熟的。」

大姨笑笑，換了話題，月月，你坐了十幾個小時的飛機，覺得累不累呀？

關蘇月晃了晃腦袋說：「我覺得挺好的，一點都沒有覺得累，在飛機上也沒睡覺，看了十幾個小時的電影。」

大姨羨慕地說：「到底是年輕人，一晚上不睡覺也不覺得累。」

洛杉磯機場是關蘇月來美國後的第一站，她在心裡把洛杉磯機場和北京機場做了一個比較，覺得洛杉磯機場真是太老舊了，不僅候機大廳小得可憐，走道也是窄窄的，燈光一點都不明亮，遠遠比不上北京機場的氣派和豪華。不過，洛杉磯機場也有關蘇月喜歡的地方，那就是機場邊上有很多的商店和飯店，像購物中心一樣，這一點是北京機場沒有辦法比的。

關蘇月和大姨在門口坐機場免費大巴來到國內航站樓，辦完托運行李手續後，大姨看了看時間，說：「月月，你現在也餓了吧，我帶你吃飯去，你在飛機上吃了一天的西餐，想吃中餐了吧，我們去一家中國餐館。」

她們走出機場，拐進一條小巷子，沒走多遠，便看到一個小廣場。小廣場中間有一個開滿鮮花的花壇，花壇周圍有一些石桌子，石凳子。關蘇月驚奇地發現小廣場邊上全是中國餐館。大姨帶關蘇月進了一個叫香飄四季的餐館。大姨說這是一家四川餐館。關蘇月看見裡面的裝修非常中國化，充滿了濃濃的中國味，牆壁上掛著大大的京劇臉譜，一串串小巧別致的紅燈籠從天花板上垂下來，空氣中飄蕩著柔和舒緩的中國民間樂曲。

她們在靠門的一張餐桌邊坐下。一個女服務生過來，給她們一人一份菜單。大姨要關蘇月點菜，說：「月月，你想吃什麼就點什麼。關蘇月拿起菜譜翻了翻，菜譜一共有四頁，每個菜品旁邊還配了彩色圖片，光看這些圖片，就能讓人食慾大開。」關蘇月的食慾被勾起來了，頓時覺得肚子還真的餓了，她點了一個水煮牛肉和一個麻婆豆腐。大姨說：「兩個菜太少了，你再點兩個。關蘇月不好意思再點」，說：「大姨，還是你點吧。」大姨點了一個回鍋肉和一個乾煸四季豆。

這頓飯關蘇月吃得很香，雖然餐館裡空調開得很足，她還是吃得鼻尖上冒出了細細的汗珠。關蘇月一邊吃一邊說：「大姨，我在國內聽別人說，美國的中餐館都已經美國化了，味道甜甜酸酸的，一點都不好吃，但這家中餐館不是這樣的，做的中國菜很地道，一點都不比國內的飯館差。」

大姨說：「這要看在美國什麼地方了，像洛杉磯，舊金山，紐約這樣的城市，因為中國人多，你很容易找到一家有地道中國口味的中餐館，但如果是在我們丹佛地區的話，就不一樣了，那裡中國人不是太多，中餐館都西化了，你很難找到一家有正宗中國口味的中餐館。」

丹佛機場是上世紀九十年代中旬修建的，是一個非常有特色的現代化機場。候機樓大廳寬敞明亮，裡面陳列著美輪美奐的藝術展品，給人的感覺像一個藝術宮殿。關蘇月和大姨拖著行李從候機廳坐電梯上到頂上的行人天橋，正好看見一架飛機起飛，從她們頭頂上飛過，關蘇月抬頭朝飛機看，她看見飛機尾翼上有一個微笑著的中年男子的頭像，圖像很大很清晰，連男子臉上的皺紋都清晰可見。關蘇月問大姨，飛機上那個微笑的大叔是誰？

大姨說：「這是阿拉斯加航空公司的飛機，上面的男子是一個愛斯基摩人。」

大姨夫開了一輛豐田SUV來機場接她們。大姨坐在副駕駛，關蘇月坐在後排，車裡有空調，她的頭靠在側窗的玻璃上，全神貫注地看外面的風景。汽車駛出機場後，關蘇月看見了丹佛機場頂部那波浪狀的白色圓錐形帳篷，興奮地叫起來，大姨，你看那些白色帳篷，好漂亮，好壯觀，簡直是太富有創意了！

大姨回過頭來，對關蘇月說：「丹佛機場的這些白色帳篷可以說是丹佛最有標誌性的建築物，在世界上都是很有名的」，聽說：「丹佛機場是全球公認的十二個最美麗的機場之一。」

關蘇月說：「大姨，你看這些帳篷像不像蒙古草原上那些白色的蒙古包？」

大姨說：「嗯，確實很像蒙古包，也像巨輪上揚起的片片白帆。」

開車的大姨夫回頭望了她一眼，說：「月月，你看到機場後面那一片洛基山脈了嗎？」

遠遠望去，藍天下，連綿起伏的洛基山脈頂部被皚皚白雪覆蓋，閃著潔白聖潔的光芒，和近處丹佛機場的白色圓錐帳篷交相輝映，可以說是美輪美奐。

關蘇月說：「我看見了。」

大姨夫說：「丹佛機場是一個叫芬特雷斯的設計師設計的，據說帳篷型機場的靈感來自於美國的土著印第安人，印第安人在西北高原上用長茅搭建起一座座錐形帳篷，而白色的棚頂，則來自於終年積雪的洛基山脈，所以，那一個個帳篷看起來又像一座座雪山。」

從丹佛機場到大姨住的地方，一路上都是高低起伏的山坡，遠處是大片的草地和稀疏的樹木，一直伸到遙遠的地平線。路上很少見到房屋。正是夕陽西下的時候，天邊的紅霞，染紅了半個天空，整個原野沐浴在一片紅色的光暈中，在城市長大的關蘇月從來沒有見過這樣美麗的日落，簡直就看呆了。

四、美國大姨家

大姨家在丹佛市郊，住在一個四周有圍牆的小區裡。小區有一個很別致的名字，叫晨星（Morring Star），小區門口兩邊花壇裡的花也長得像星星一樣，一簇簇，一團團，有各種各樣的顏色，白的，紅的，粉的，黃的，紫的。小區裡是一幢幢獨立房子，兩層樓高，大都帶有三個車庫。房子的大小和形狀都差不多，只是房子外表的顏色不一樣。大姨的房子是淡淡的鵝黃色，窗戶框架是梅紅色，門框架是純白色，房子周圍是綠色的草地，看上去就像童話裡的房子一樣。

關蘇月一路奔波了二十多個小時，幾乎沒有睡覺，現在到了目的地，才真正覺得困了乏了，她吃過晚飯，草草洗漱了一番，便倒在床上睡著了。

這一夜，關蘇月睡得很香，連夢都沒有做一個，一直睡到第二天十點多鐘才醒來。太陽光從窗戶照進來，在地毯上灑下一片光斑，整個屋子裡明晃晃的有些刺眼。關蘇月伸了一個懶腰，一時懵懵懂懂的，不知道自己在哪裡？她揉了揉眼睛，這才記起，自己昨天已經漂洋過海來到了美國，現在住在大姨家裡。

關蘇月赤腳下床，踩著鬆軟的地毯來到窗前。她住的房間在二樓，窗口對著前面的院子。外面的草地上，有一隻小灰兔在吃草。小灰兔長著一對紅寶石一樣的大眼睛，兩隻長長的耳朵聳立著，身子圓滾滾的，小小的尾巴翻上來像一個繡球。關蘇月一陣驚喜，在國內，她只在農貿市場裡看見過關在籠子裡的兔子，還從來沒有看見過野兔子。關蘇月目不轉睛地盯著兔子看，機靈的兔子也察覺到了，它抬起頭，兩隻大眼睛警覺地看著她，看了一會後，大概覺得關蘇月對它構不成威脅，重又低下頭繼續吃草。

關蘇月離開窗戶，拿著洗漱用具，去對面的浴室洗臉漱口。二樓的臥室和走道都鋪著厚厚的地毯，光腳走在地毯上軟軟的，沒有一點聲音。關蘇月洗漱之後，下樓去廚房吃早飯。

大姨家的廚房是開放式的，連著客廳和餐廳。關蘇月四下望了望，沒有看見大姨和大姨夫，只有表弟傑克一個人在廚房裡，坐在餐桌邊，搗弄著一些小瓶子，不知道在幹什麼。大姨有兩個孩子，大的是女兒，在加利福利亞上大學，上個星期已經回學校了，表弟今年十歲，上小學四年級。表弟看見關蘇月，說：「表姐，我爸爸媽媽上街買東西去了，你的早飯在灶上的蒸籠裡」，我媽說：「如果你覺得涼了的話，可以開火再蒸五分鐘。」關蘇月走過去打開蒸籠蓋，看見裡面有兩個叉燒包和一碗牛奶燕麥。關蘇月用手探了探，包子和牛奶都還是溫熱的，並沒有涼透，她沒有再蒸，端著叉燒包碟子和牛奶杯，來到餐桌邊，在表弟對面坐下來。

表弟面前的桌子上，擺著一堆小玻璃瓶，旁邊還有量筒，量杯，量杓之類的東西。

關蘇月好奇地問表弟，傑克，你這是在做什麼?

表弟頭也不抬地說：「我在配置一種藥水。」

關蘇月問：「什麼藥水，用來做什麼的？」

表弟說：「把兔子趕跑的藥水。」

趕兔子，趕哪裡的兔子？關蘇月覺得奇怪，嚥下嘴裡的包子，問表弟。

表弟說：「就是前面草地上的兔子。」

關蘇月聽表弟說是趕前面草地上的兔子，想起剛才在草地上看到的那只灰兔子，驚訝地問道，兔子招你惹你了，幹嘛要把它趕走，怕兔子把你家草地的草吃完了？

表弟說：「不是兔子吃草的問題，你不知道，這些兔子真的太煩人了，吃喝撒拉都在草地上，你看見草地上那一塊塊黃色斑塊嗎，多難看，那就是被兔子的排泄物給燒壞了的。」

關蘇月說：「你把兔子趕跑不就得了嗎，還要用什麼藥水？」

表弟皺起了眉頭，那樣子就像是一個小大人，說：「要是能趕跑兔子就好了，我用石子砸它們都沒有用，你一轉身它們又跑回來了。」

關蘇月給表弟出主意，那就把草地用欄杆圍起來，兔子就進不來了。

不行不行，表弟的頭搖得像撥浪鼓，我們小區有規定，房子前面的草地不準圍欄杆。

關蘇月覺得奇怪，這房子和院子不是你家的嗎，小區也管得著？

表弟說：「當然管得著，我們小區有管理委員會，管委會要求我們保持房子和草地的整潔和美觀，不是你想幹什麼就可以幹什麼，大家都必須遵守規定。」

聽表弟這麼一說：「關蘇月也想不出什麼好辦法來了」，問：「傑克，你打算用什麼來做驅兔藥呀？」

表弟指了指桌子上那些小瓶子說：「就用這些東西。」

關蘇月拿起那些瓶子看，只見都是做菜的調料，大蒜末，薑末，辣椒粉，花椒粉，白胡椒，黑胡椒。關蘇月噗嗤一下笑起來，傑克，這都是做菜的調料，你就用這些調料做驅兔劑？

表弟覺得關蘇月是在嘲笑他，不高興地說：「表姐，你笑什麼？沒有什麼可笑的。」

關蘇月止住笑，一本正經地說：「傑克，我覺得你這是在過家家。」

表弟對著關蘇月翻了一個白眼，說：「誰過家家了，我這是在做正經事。」

關蘇月覺得表弟真好玩，逗他說：「你說這是正經事，那你告訴我，你為什麼要拿這些做菜的調料來驅趕兔子？你總得講出原因來吧。」

表弟聳聳肩，給了關蘇月一個你連這都不知道的眼神，說：「你沒看見這些調料都是有刺激性的東西，我要把它們混在一起，放到水裡，製作成又麻又辣的液體，撒在草地上，兔子就不敢來了。

表弟的話好像有一些道理，關蘇月想了想，又懷疑起來，傑克，你覺得兔子的味覺也和人的味覺一樣，能分辨出麻和辣來？

表弟很肯定地說：「我覺得是一樣的。」

關蘇月搖搖頭，懷疑地說：「不一定吧，你就那麼確定？」

表弟說：「我覺得是一樣的，你不信的話，我們看效果。」

雖然關蘇月對這種又麻又辣的東西能不能驅趕兔子表示懷疑，但她還是蠻佩服表弟的想像力，她也很好奇，想看看表弟做的這種所謂的驅兔藥到底能不能把兔子趕跑。

表弟找來一個帶噴嘴的塑料瓶子，從每個調料瓶裡取出一杓調料放進瓶子裡，然後從碗櫃裡拿出一個碗，在自來水龍頭下接了一碗水，放進微波爐裡加熱，然後把熱水灌進瓶子裡，蓋好蓋子，使勁搖勻，一瓶自制的驅兔劑就這樣做成了。

關蘇月隨表弟來到前院。這時，草地上已經有了兩隻灰兔子，除先前關蘇月看見的那只兔子外，又多了一隻。兩隻兔子一樣大小，長得也一模一樣，看起來就像是一對雙胞胎。兩隻兔子看見他們，長耳朵馬上豎起來，圓圓的眼睛一眨不眨地看著他們，當表弟彎下腰，做出撿石子的動作時，兩隻兔子嗖地一下跳出好遠，轉眼就鑽進了對面的灌木叢裡。

表弟把一瓶驅兔劑全部灑在了草地上。回到屋裡不一會兒，表弟的眼睛便開始流眼淚，一個接一個不停地打噴嚏。關蘇月哈哈大笑起來，說：「傑克，兔子還沒有被刺激到呢，你怎麼就被刺激到了。」表弟眨著眼睛，張嘴要反駁，話還沒有出口，一個響亮的噴嚏打出來，鼻涕眼淚都下來了。關蘇月見狀，把表弟拉到廚房的水龍頭下，先給他沖洗眼睛，然後要他用肥皂把臉和手洗乾淨，囑咐表弟不要用手去揉眼睛。

第二天早晨，關蘇月起床後的第一件事就是走到窗口去看草地上有不有兔子，她沒有看見兔子，那一整天，草地上都沒有來兔子。關蘇月想，難道表弟配制的驅兔劑真的發揮作用了，兔子再也不敢來了。第三天早晨，關蘇月起床後又去窗口看時，她看見兔子們又捲土回來了，這回不是兩隻，而是一家三口，兔媽媽帶著兩個孩子在草地上吃草，那樣子好像是有意向他們示威，你們不是要趕跑我們嗎，胡漢三又回來了。

關蘇月把表弟叫過來，說：「傑克，你看到了嗎？你的驅兔劑沒有作用，兔子才不吃你那一套呢。」

表弟雖然很沮喪，但仍然不肯承認他的失敗，說：「兔子昨天就沒有來，這說明我的驅兔劑還是有作用的。」

在大姨家，其實並沒有多少家務事需要關蘇月做。大姨家有洗碗機，用過的碗筷在自來水龍頭下沖一下，放進洗碗機裡就行了。家裡的清潔衛生也是一週做一次，關蘇月頂多幫大姨摘一下豆角，把廚房裡的垃圾裝進塑料袋裡，扔進後院的垃圾桶裡。

美國學生的暑假比中國長，五月中旬放假，八月底才開學，有三個多月。大姨兩口子白天要上班，沒有時間在家陪伴表弟。美國的法律規定，十歲的孩子不能獨自一個人在家，大姨只好把兒子送到各種夏令營，早上送下午接。關蘇月在大姨家住的這幾天，表弟沒有去夏令營。

關蘇月問表弟，傑克，你都參加過哪些夏令營？

表弟說：「我參加的夏令營多了去了。表弟掰著指頭數，游泳，攀登，划船，繪畫，自然科學，手工製作……」

關蘇月問：「說說看，你最喜歡哪些夏令營？」

最喜歡的夏令營，表弟想了想說：「那還是游泳，划船，還有自然科學。」

關蘇月問表弟，傑克，你長大以後想做什麼？

表弟脫口而出，我想研究生命的奧秘。

研究生命的奧秘，好大的口氣，這句話居然從一個只有十歲的孩子嘴裡說出，這是關蘇月沒有想到的，說實話，她自己都還沒有想好今後做什麼呢。她問表弟，傑克，你說你想研究生命的奧秘，我沒有聽錯吧？

表弟認真地說：「表姐，我就是想研究生命的奧秘，我覺得生命真是太奇特了，太不可思議了。表弟指指自己的腦袋，問關蘇月，表姐，你知道人腦裡有多少個神經細胞嗎？」

關蘇月搖頭，我不知道，你說人腦裡多少個腦細胞？

表弟說：「說出來嚇你一跳，人的大腦裡有一百億個神經細胞，你知道一百億是多少嗎？是現在全世界人口的大約二十倍，這就是為什麼人的腦子能想那麼多問題。」表弟又指指自己的眼睛，人的眼睛裡也有上億個視覺細胞，這就是為什麼我們能看見各種顏色的東西，如果弄清了生命的奧秘，人就不會生病，也不會死了，表姐，你說是不是這樣的？

關蘇月聽得目瞪口呆，她還真是不能小看表弟，小小年紀，就有這樣宏大的理想，她親呢地摸了摸表弟的頭，說：「傑克，姐姐支持你的想法。」

五、迪奧里私立高中報到

學校開學了，大姨送關蘇月去學校。一大早，她們就乘坐去波士頓的飛機，下飛機後，大姨在機場租了一輛車，開車直奔迪奧里高中。

迪奧里高中在一個叫普羅多納的小城市裡。她們橫穿過普羅多納市區，來到一處只有幾棟毫不起眼的紅磚房前面，這裡既沒有圍牆，也沒有看見大門，大姨把車開進去，停在了一排平房前面，對關蘇月說：「我們到了。」

這就是迪奧里高中？關蘇月疑惑地問。這個地方看起來根本不像一所高中學校，就像某個工廠的貨物儲存倉庫。大姨指著路邊一塊不起眼的水泥牌說：「你看見那塊牌子了嗎，那上面寫著迪奧里高中。」關蘇月順著大姨的手指望過去，那裡立著一塊灰白色的水泥牌，水泥牌在一棵大樹下面，她剛才沒有注意到這塊牌子。關蘇月下車走過去一看，水泥牌上面果然寫著幾個紅字：迪奧里高中。

關蘇月的心裡感到一陣失落，這就是迪奧里高中呀。她心裡嘀咕道，這哪裡像一個高中學校的樣子，簡直和她以前的初中學校沒法比，她在中國的學校，有圍牆，有大門，大門兩邊是高高的花崗石門柱，有氣派的教學樓，教學樓有五層樓高。

大姨帶著關蘇月朝平房走去。平房裡面有幾個負責接待的高年級學生，他們很熱情地接待了關蘇月，給她介紹學校的基本情況，又帶她去見了兩個主課老師，然後把宿舍管理員叫了過來，帶關蘇月去學生宿舍。

關蘇月的宿舍在宿舍樓東樓二樓，兩個學生住一間房。房間大約有二十多平方米，地上鋪著厚厚的帶暗紅色圖案的地毯，有兩扇玻璃窗，屋裡光線很充足。左右兩邊有兩張床，兩張書桌和兩個衣櫃，廁所浴室是公用的，在二樓走道樓梯邊。關蘇月看了，覺得挺滿意的。大姨只請了一天假，把關蘇月安頓好後，當天晚上就坐飛機回丹佛了。

同屋的室友還沒有來，關蘇月獨自一個人在宿舍裡，度過了她來到迪奧里高中的第一個夜晚。

第二天上午，關蘇月吃過早飯去註冊。註冊大廳裡人來人往，很是熱鬧，不只是學生，還有很多學生家長也來了，有的學生家長還帶著小孩子。關蘇月看見一個學生家長身後跟著四個不同年齡的小孩，三個男孩一個女孩，樓梯臺階一樣從低到高，很是引人注目。

註冊的學生排著隊，漸漸的隊伍越來越長。關蘇月看見排隊的學生中有兩張亞洲人的面孔，她不能判斷他們是不是中國人。關蘇月記得看過一篇文章，說的是如何鑒別中國人，日本人，韓國人。文章上說：「首先是根據長相，中國人的臉一般要圓一些，日本人的臉通常要長一些或者寬一些，而韓國人的下巴則比較突出，顴骨相對也要高一些；其次是根據穿著打扮，中國人穿的衣服式樣多樣化，日本人穿著要樸素簡單一些，而韓國人講時髦，喜歡穿一些顏色鮮艷的衣服；並且，中國女生一般不化妝，日本和韓國女生則喜歡化妝，把自己打扮得白皙，光彩照人。」關蘇月根據這些特點將這兩個亞洲學生對號入座，覺得其中一個應該是韓國人，另一個人是中國人。但再多看兩眼，又覺得不像了，好像兩個都不是中國人。關蘇月不能老是盯著人家看，這樣顯得不禮貌，她只能不時偷偷地掃上幾眼，直到輪到她註冊了，她也沒有猜出個子丑寅卯來。

關蘇月註完冊，然後去指導老師那裡拿本學期課程安排表。指導老師的辦公室在教學樓一樓。關蘇月來到一樓，找到指導老師的辦公室。辦公室的門開著，裡面一個戴眼鏡的女老師正在和一個學生說話，她便站在門外面等侯。一個穿短裙的女孩走過來，女孩長得很漂亮，有一張異域風情的臉。女孩走到關蘇月面前，問她是不是從中國大陸來的？關蘇月點頭說是。女生眼睛一亮，自我介紹說：「我叫凱莉張，我媽咪也是從大陸來的。」關蘇月聽女生說她的名字叫凱莉張，以為女生姓張，名凱莉，因為歐美名字都是名字在前，姓在後。凱莉張解釋說：「她不姓張，她的全名是凱莉．張．邁克爾，邁克爾才是她的姓，張是她的中間名字，取自於她母親的姓。凱莉張不是新生，比關蘇月高一個年級，現在讀高二。」

凱莉張說一口標準的美國英語，中文也說得相當流利。關蘇月問凱莉張，你是在中國出生的還是在美國出生的？凱莉張說她是ABC（American Born Chinese），在美國出生。關蘇月讚揚凱利張的中文說得好，問她在哪裡學的中文？凱莉張說：「中文主要是跟她母親學的，她讀小學的時侯，每個週末也去當地的中文學校上課，在家裡，她和母親說話都是說中文。」關蘇月好奇地問：「你爸爸呢，你爸爸也說中文嗎？」凱利張說：「她爸爸是德國人，不懂中文。」關蘇月又問：「你會說德文嗎？」凱莉張說：「我會說一些，但是沒有中文流利。」

關蘇月去見指導老師的時候，凱莉張就在外面等她，關蘇月出來後，凱莉張又主動提出給她當向導。凱莉張帶她看了學校禮堂，科學樓，體操房，圖書館等地方。整個迪奧里高中，除了教學樓，科學樓和學生宿舍是兩層樓建築物外，其餘都是平房，但迪奧里高中有一個很大的體育場，面積足有關蘇月在中國學校的兩個大，有標準的田徑跑道，足球場，橄欖球場，網球場，棒球場等。

雖然迪奧里高中的建築物很不起眼，但學校在市郊，被一大片草地包圍，綠茵茵的草地像厚厚的地毯，草地上有幾棵大樹，蔥蔥郁郁像綠色的傘。關蘇月看見草地上有幾只兔子，這些兔子和關蘇月在大姨家見到的兔子長得一個樣，也是灰顏色的，還有幾只小松鼠在樹枝上跳來跳去，毛茸茸的大尾巴翹得高高的。關蘇月覺得這些小松鼠真是太可愛了。關蘇月喜歡學校周圍的田園風光，因為這些風光，迪奧里高中在她眼裡也變得美麗多了。

關蘇月和凱莉張很談得來，幾乎是一見如故。凱莉張離開學校回家時，關蘇月把她送到校門口的公共汽車站。汽車開走了，關蘇月還站在那裡，直到汽車轉彎看不見了，她才往回走。關蘇月覺得自已很幸運，來迪奧里高中的第二天就結識了一個新朋友，並且還是高她一個年級的新朋友。

六、室友梅蘭妮

關蘇月的室友叫梅蘭妮。梅蘭妮家住印第安納州，是土生土長的美國人。梅蘭妮是在學校開課第二天才來學校的。關蘇月上完體育課，回到宿舍，看見地毯上的行李箱，書包，鞋子之類的一堆東西，猜想一定是梅蘭妮來了。這時，一個女孩從對面的衣櫃裡探出身子，對關蘇月打招呼，嗨，你好，你是蘇月嗎？

關蘇月笑著回應，我是蘇月，你是梅蘭妮吧，很高興見到你。

梅蘭妮從壁櫥裡跳出來，一頭披散的紅頭髮像火焰一樣在關蘇月眼前搖曳，她熱情地和關蘇月握手，說：「你就叫我蘭妮吧，很高興見到你。」

關蘇月問梅蘭妮，你這一路還順利吧？

梅蘭妮說：「還算順利，就是路上轉機耽誤了時間，弄到現在才到，我的肚子餓壞了，學校餐廳什麼時候供應晚餐？」

關蘇月看看表說：「學校餐廳五點半鐘開飯，還有一刻鐘，你還不知道學校餐廳在哪裡吧，我等會帶你去。

梅蘭妮說：「那太好了！謝謝你。她打開放在地上的行李箱，從裡面拿出一個化妝盒」，對關蘇月說：「我想先去一下洗手間，你能告訴我洗手間在哪裡嗎？」

關蘇月把梅蘭妮帶到門口，告訴她洗手間就在走廊的右邊，過了樓梯口的第一個門就是。

梅蘭妮在洗手間待了很長時間，回來時簡直像換了一個人似的，關蘇月都差點認不出她來了。梅蘭妮一頭艷麗的紅頭髮捲了上去，高高堆在頭上，像是頂了一個紅色的鳥窩，眼睛周圍塗著厚厚的紫藍色眼影，看上去像是被人狠狠揍了一拳似的。回到宿舍，梅蘭妮換上了一件黑色吊帶短裙，腳上穿一雙綴有人造寶石足有五公分高的紅色高跟皮鞋，仿佛還不夠吸引眼球似的，梅蘭妮又在鼻子上掛了一個亮閃閃的黑鼻環。

關蘇月帶梅蘭妮去餐廳吃飯，一下就吸引了在餐廳吃飯的眾多學生的眼球，餐廳裡響起一片竊竊私語聲。關蘇月覺得自已也在眾目睽睽之下，渾身不自在，好像有無數毛毛蟲在身上爬，她不由得加快了腳步，與梅蘭妮漸漸地拉開了距離，直到走到餐臺，加入到其他取餐的學生中間時，關蘇月才舒了一口氣。

關蘇月取了餐盤，去主食區夾了一些義大利番薯醬麵條和兩塊雞胸肉放在盤子裡，又去水果區拿了一根香蕉和一瓶礦泉水，她找了靠裡的一張空桌子坐下來。過了一會，梅蘭妮也端著餐盤走過來了，坐在關蘇月的對面。關蘇月屏住呼吸往四周看了看，並沒有人注意她們。

梅蘭妮的餐盤裡堆得滿滿的，有披薩餅，墨西哥捲餅，菠蘿麵包。關蘇月看了，不禁吐了吐舌頭。梅蘭妮看見，解釋說：「今天飛機晚點，我轉機時沒有來得及吃午餐，餓壞了，現在是午餐和晚餐加在一起吃了。」

梅蘭妮撕開一個調料包，把裡面的黃色醬汁淋在墨西哥捲餅裡，雙手拿著捲餅，大口吃起來，吃得兩邊腮幫子一鼓一鼓的。關蘇月用叉子挑起幾根義大利麵條，她想把麵條繞在叉子上，但不得要領，麵條繞在叉子上鬆鬆垮垮的，舉起叉子要往嘴裡送時，麵條掉下來了，只好重新再繞。梅蘭妮風捲殘雲般地吃了一個墨西哥捲餅，一塊披薩餅後，這才把叉子放下，拿起餐巾紙擦了擦嘴，看見坐在對面的關蘇月在笨手笨腳地繞義大利麵條，忍不住笑起來，說：「蘇月，你叉麵條的方法不對，想要我給你示範一下怎麼吃義大利麵條嗎？」關蘇月心裡正糾結著呢，她看別的同學吃義大利麵條，叉子打一個轉就把麵條繞成了一團，怎麼自己做起來就那麼別扭呢？聽到梅蘭妮要教她，當然巴不得，說：「那太好了，謝謝你。」

梅蘭妮起身去餐臺夾了一些義大利麵條放在盤子裡，回到餐桌，開始為關蘇月做示範。只見梅蘭妮一隻手拿叉子，一隻手拿杓子，她先用叉子挑起兩根麵條，然後將叉子尖點在杓子裡，慢慢旋轉叉子，讓麵條繞著叉子捲成一個小團，然後放進嘴裡。整個過程自然流暢，一氣哈成。關蘇月學著梅蘭妮的樣子做，果然成功了。

梅蘭妮拿起菠蘿麵包，沾了一些醬汁，咬了一口，嚥下去後，問關蘇月，蘇月，你從中國來，吃得慣學校裡的這些食物嗎？

關蘇月說：「還行吧，我在中國也吃過這些東西，中國也有很多美國快餐店，像麥當勞，肯德基，披薩店，幾乎遍布中國的大小城市。」

梅蘭妮說：「是嗎，想不到中國也有美國快餐店，你們也喜歡吃？」

關蘇月說：「主要是小孩子和年輕人喜歡吃。」

梅蘭妮說：「美國也有很多中國餐館，也很受人歡迎的。」
關蘇月問：「你去過中餐館嗎？」
梅蘭妮說：「去過。」
關蘇月說：「你覺得中國菜好吃嗎？」
梅蘭妮點頭，我喜歡吃中國菜。
關蘇月問：「你喜歡吃哪些中國菜？」
梅蘭妮想了想說：「我喜歡宮保雞丁，就是裡面有花生和雞塊的那種。」
關蘇月又問：「除了宮保雞丁，你還喜歡吃別的中國菜嗎？」
梅蘭妮眨了眨眼睛，說：「還有餃子，對，就是餃子，還有一種是把菜和肉裹在麵皮裡面，做成一個圓筒，放在鍋裡用油炸的食物，叫什麼名字來著，我想不起來了？」
關蘇月說：「是叫春捲吧？」
梅蘭妮說：「對，就是春捲，春捲太好吃了。」
關蘇月說：「中國餐館還有很多好吃的東西，下次你去中國餐館吃飯時，試著點一些不同的菜品嚐一嚐。」
梅蘭妮說：「下次去中國餐館，我們一起去，你給我作參謀。」
關蘇月說：「沒問題。」
關蘇月望著梅蘭妮的紅頭髮，好奇地問：「蘭妮，你的紅頭髮是天生的，還是染的？」

我的頭髮是染的。梅蘭妮說：「她從手包裡拿出一面小鏡子，對著鏡子照了照，用手指把頭髮往上抓了抓，想讓它變得更蓬鬆一些。」梅蘭妮放下鏡子，歪著腦袋問關蘇月：「蘇月，你覺得我的頭髮怎麼樣，是不是很酷？」

關蘇月很想說一點都不酷，難看級了，但她知道這樣說會得罪新室友，便含含糊糊地嗯了一聲。她盯著梅蘭妮的紅頭髮看了一會，問她，蘭妮，你原來的頭髮是什麼顏色的？

梅蘭妮說：「我原來的頭髮是栗子色的，她向旁邊桌上的一個女生努了努嘴，就是她的頭髮的顏色。」關蘇月飛快地瞟了那個女生一眼，女生的頭髮是栗子色的，柔軟的自然捲。

關蘇月說：「我喜歡你原來頭髮的顏色，我覺得挺好看的。」

梅蘭妮似乎覺得有些意外，說：「蘇月，你真是這麼認為的？」

關蘇月點點頭。

七、和新朋友凱麗張吃午餐

學校對剛入校的新生進行了模擬考試，關蘇月因為數學考得好，數學課被安排和高二的學生一起上課。

上第一節數學課時，關蘇月因為不熟悉地方，遲到了兩分鐘。她尷尬地站在教室門口，有些不知所措。數學老師是泰安娜小姐，她微笑著招手要關蘇月進來，問她叫什麼名字？關蘇月說了自已的名字。她的臉上火辣辣的，覺得所有的同學都在看著她，泰安娜小姐在點名冊上找到關蘇月的名字，在上面打了一個勾，然後，指著不遠處的一張空位子要她坐下。關蘇月在座位上坐下來，過了好半天才平靜下來。就在她開始集中注意力準備聽泰安娜小姐講課時，後背被什麼東西輕輕戳了一下，關蘇月回過頭去，和凱莉張的目光相遇，她不禁喜出望外，想不到自己居然和凱莉張在同一個數學班。關蘇月和凱莉張因為不在一個年級，自從註冊那天她和凱莉張第一次見面後，兩人再也沒有遇見過。

凱莉張趁泰安娜小姐不注意時，迅速遞過來一張紙條，關蘇月把紙條捏在手裡，一直等到泰安娜小姐轉身在黑板上寫字時，才打開手中的紙條，上面寫著：中午我們一起吃午飯？關蘇月轉過頭，對凱莉張點了點頭。過了一會，凱莉張又遞過來一張紙條：第四節課下課後，我們在餐廳後面的小廣場見。

數學課下課後，關蘇月本來想和凱莉張說幾句話，但一看表，時間來不及了，五分鐘後她有一節英語課。關蘇月已經遲到了一次，不想再遲到了，她趕緊把課本，文件夾一股腦塞進書包，把拉鏈拉上，將書包往肩上一甩，幾乎是小跑步去樓下的存物櫃。

這個時候正是存物櫃區最繁忙的時刻，來來往往的學生絡繹不絕，說話聲，笑鬧聲，啪啪啪開櫃門關櫃門的聲音響成一片。開存物櫃不需要鑰匙，用的是密碼鎖，偏偏在這個時刻，關蘇月的存物櫃打不開了，她試著打了三次都沒有打開存物櫃，眼看時間一秒一秒的過去，上課的時間馬上就要到了，關蘇月急得滿頭大汗，真是活見鬼了，上數學課前她還打開過存物櫃拿課本的，怎麼現在就打不開了呢？關蘇月無計可想，無奈之下，只好劈啪啪啪使勁拍打起櫃門來，希望能把櫃門拍開。

需要我幫忙嗎？旁邊有人發問。關蘇月扭頭一看，是一個不認識的高個子男生，男生額上的頭髮垂下來蓋住了一側眉毛，眼睛裡流露出關切。關蘇月仿佛見到救星似的，趕緊站起身，給男生讓出地方，嘴裡急急地說：「我打不開密碼鎖，已經試過三次了，都沒有成功。」男生看看密碼鎖，問關蘇月，妳確定妳的密碼號是對的？關蘇月點頭說：「密碼號肯定沒有錯，我上一節課還打開過了的。」男生沒有再說什麼，他伸出手開始轉動號碼盤，在他順時針，反時針地來回轉動幾次後，存物櫃門啪的一聲打開了。關蘇月高興得連連向男生道謝，問他是怎麼打開的？男生甩了一下頭髮，告訴關蘇月，他把號碼鎖上的數字全部清到零之後，再按照順時針，反時針，再順時針，再反時針的次序轉動號碼盤，櫃門就打開了。關蘇月聽了，還想問男生，剛才她打不開密碼鎖的原因，是不是因為沒有首先把數字清到零的緣故？但男生已經走開了，丟下一句話，對不起，我還有課，得走了。

關蘇月望著男生遠去的背影愣了一下，突然想起自己也有課，急忙拿了英語課本，關上存物櫃，一路小跑步上了二樓，轉過樓道口，看見英語老師還站在教室門口，這才放下心來。

第四節課下課後，關蘇月去存物櫃把課本放進去，出了教學樓，往餐廳走去。

九月的天氣，暑氣已經退去，天空藍得透明純淨，空氣裡瀰漫著青草和樹葉的味道。關蘇月穿過一片草地時，看見一個小松鼠坐在自己的大尾巴上，兩隻前爪捧著什麼東西在嘴裡咬著，下嘴唇在不停地煽動，那樣子真是太可愛了！關蘇月想，如果小松鼠也可以作為寵物養的話，她今後一定要在家裡養一隻小松鼠。

關蘇月到達餐廳後面的小廣場時，凱莉張也從教學樓的另一個方向走過來了。

凱莉張的長相極具混血兒特色。五官很清秀，有亞洲人的精緻細膩，同時臉部輪廓很清晰，有歐洲人的立體感。凱莉張是走讀生，她的家就住在普羅多納市，平時只在學校吃一頓午餐。凱莉張不住校這一點讓關蘇月感到非常遺憾，要是凱莉張也是寄宿生就好了。

她們去得早，這時餐廳裡人不多，用不著排隊，她們很快就取到了食物。兩人朝對方的餐盤望過去，不約而同地笑了起來，她們盤子裡的食品幾乎是一樣的，都是火腿三明治，炸土豆條，巧克力餅乾，水果也都是綠色的葡萄，唯一不同的是蔬菜，關蘇月盤子裡是燜豆角，凱莉張盤子裡是煮西蘭花。

兩人在靠走道不遠的一張桌子邊坐下來。

凱莉張把一包調理醬淋在西蘭花裡，用叉子拌勻，說：「蘇月，妳的長笛吹得太棒了，真的太好聽了，我感覺不會比專業演奏家差，全場都被妳的演奏震撼了。」上個星期，學校舉辦了歡迎新生入學聯歡會，在會上，關蘇月和另一個中國同學合作，她吹長笛，那個同學鋼琴伴奏，贏得了全場熱烈持久的掌聲。

關蘇月被凱莉張說得有些不好意思，喃喃地說：「還行吧。」

凱莉張說：「什麼還行，蘇月，妳太謙虛了，真的非常棒，我都成為妳的粉絲了。」凱莉張並沒有誇張，關蘇月的長笛演奏確實不錯，她在國內已經考過長笛九級了，按國內的標準，十級就可以達到專業水準了。不過凱莉張不知道的是，關蘇月的鋼琴演奏也相當出色，在國內也已經考過九級了。

凱莉張問關蘇月，蘇月，妳覺得迪奧里高中怎麼樣？

關蘇月手裡拿著一根沾了醬的土豆條，正要往嘴裡放，停下來，說：「我覺得迪奧里高中挺好的。」

凱莉張說：「妳覺得好在哪裡？」

關蘇月吃著土豆條，說：「主要是覺得在這裡的氣氛比較自由，我學的東西不只是局限於必修課，我還可以根據自己的興趣愛好去選擇其他副科，這是我喜歡的，而且社會活動也比較多，生活也變得豐富多彩起來，還有課堂氣氛也很輕鬆，沒有在國內讀書時的那種心裡壓力。」

凱拉張問：「妳說的心裡壓力是什麼意思？」

關蘇月想了想，說：「在國內時，我一天到晚除了學習還是學習，面前放著的是永遠也做不完的考試題，腦子裡永遠都有一根弦繃著，天天都像打仗似的，讀初中時要為中考而戰，讀高中時要為高考而戰。在這裡，雖然我每天的時間也是安排得滿滿的，但心情不一樣了。」

凱利張說：「妳長笛吹得那麼好，肯定要花不少時間練習吧，妳說妳在國內學習那麼緊張，我就奇怪了，妳哪來的時間學樂器？」

關蘇月說：「我很小的時候就開始學樂器了，三四歲時就開始彈鋼琴，讀一年級時開始學長笛，我讀小學的時候，確實花了很多時間在樂器上面，但一到上了初中，就沒有時間練這些樂器了，幾乎所有的時間都放在學習上面了。」

餐廳的兩扇門呼地一下被推開了，三個男生走進來，好像帶來了一股旋風。三個男生都穿著學校橄欖球隊校服，幾乎一樣高，身材挺拔，步履矯健。頓時，無數雙眼睛齊刷刷掃過來，聚焦在他們身上，餐廳裡喧嘩的聲音低了下去。關蘇月旁邊餐桌上的幾個女生，剛才還像鬧騰的小麻雀，嘰嘰喳喳地說個不停，現在突然安靜下來，目不轉睛地望著那幾個男生，有一個鼻子上有幾個雀斑的女生，眼珠子都好像要蹦出來了。

凱莉張壓低聲音對關蘇月說：「那個頭上戴一頂灰色棒球帽的男生，是我們年級的，他叫費迪南，他原來是Junior Varsity（第二校隊）隊長，球打得特別棒，這學期被選進校橄欖球隊了。」

關蘇月注意地看了看凱莉張說的那個戴灰色棒球帽的男生，覺得他不僅身材好，長得也很帥氣，看起來非常陽光。

凱莉張接著八卦起來，告訴關蘇月，費迪南原來的女朋友，是他的初中同學，人長得很漂亮，活動能力也很強，還當選過返校日皇後（Homecoming Queen）。這個暑假，他女朋友一家搬到波士頓去了，兩人也就分手了。現在費迪南跑單了，成了一塊香噴噴的甜甜餅，那些喜歡他的女生就像蝗蟲一樣飛過來了，我們年級有兩個女生，本來兩人是非常好的朋友，現在為了費迪南，都弄得反目成仇了。

有人喊關蘇月，關蘇月順著聲音望過去，見是梅蘭妮在叫她，答應了一聲，對她招了招手。梅蘭妮站在領餐的隊列裡，她的頭髮顏色又變了，紅頭髮中夾著綠頭髮，像一根根彩帶頂在頭上。梅蘭妮穿一件深綠色無袖衣，下面是一條綠色帶紫色條紋的燈籠褲，腳上是一雙黑色人字拖鞋，腳趾塗著紫色指甲油。

凱莉張問：「她是妳們那一屆的新生？」

關蘇月點頭，說：「我們還是一個宿舍的室友。」

凱莉張的眼睛瞇了起來，嘴角揚起一絲嘲諷的微笑，妳這個室友，看她那身打扮，品味真的不怎麼樣。

關蘇月笑起來，說：「妳沒看見她剛來時的那個樣子，頭髮是紅顏色的，還是那種非常鮮艷的紅，鳥窩一樣堆在頭上，耳朵和鼻子上都吊著黑色的環，她就那樣子去上課，結果被科學課老師擋在教室門口，不讓她進去，一定要她回宿舍把頭髮弄下來，把鼻子上的環取掉再回來上課。」她問科學課老師為什麼不讓她進去？科學課老師說：「妳這個樣子會干擾其他同學上課的注意力。」

凱莉張大笑起來，說：「妳的室友真是太有意思了。」

八、報考託福網上課程

星期六上午，關蘇月去練琴房彈了一會鋼琴，回宿舍後，穿著浴袍去公用浴室洗澡洗頭髮。不料，這時浴室裡已經人滿為患，所有淋浴間都被占用了。週末，大家都睡得晚，起得也晚，差不多在同一時間來浴室洗漱。關蘇月在國內時，習慣晚上洗澡，洗完澡後，乾乾淨淨的上床睡覺，來到迪奧里高中後，她發現美國女生都是在早晨洗澡洗頭髮，難怪她早上去上課，在走道上和其他同學擦肩而過時，時常會聞到她或他頭髮散發出的香波氣味。現在關蘇月也改成早晨或上午洗澡了，讓自己清清爽爽開始新的一天。

浴室滿了，關蘇月只好回到宿舍。關蘇月拿起手機，看見有母親打來的一個未接電話，就是剛才她去浴室時打過來的。關蘇月心裡猛的一驚，這個時候，國內是凌晨一點多鐘，母親這個時間來電話，一定是有什麼要緊事。關蘇月趕忙打過去，按號的時候，她的手還有些發抖，生怕家裡出了什麼不好的事。母親很快接了電話，月月，母親的聲音清晰地傳過來，關蘇月的心提到了嗓子眼，問母親，媽媽，你剛才給我打了電話，有什麼事嗎？

哦，母親不緊不慢地回答，心裡有事睡不著，今天是星期六，你不上課，媽想和你說一件事。

聽母親的語氣，不像是家裡發生了什麼緊急事件，那就好，關蘇月的心放回了肚子裡，問母親，媽媽，你想和我說什麼事？

母親說：「還不是關於你在美國留學的事，我這幾天一有時間，就在網上查有關在美國留學的信息，查到了很多有用的東西，收獲還真不小。」母親停了停，說：「月月，我打算讓你轉學校，轉到另一所私立高中去。」

關蘇月吃了一驚，母親怎麼會突然想到要她轉學，母親的腦子裡又在想什麼新主意了。她說：「媽媽，我在這裡挺好的，你為什麼要我轉學？」

母親列舉了一大堆理由，比如，迪奧里高中老師和學生的比例不合理，學校教學質量不高，學費也不便宜，尤其是IB（國際預科證書課程）和AP（大學預備課程）選修課不是很多，在美國中學排不上名次等等。關蘇月最終聽明白了，其實母親的主要意思就是，迪奧里高中歷年考上常春藤大學的學生不多，不能和其他著名私立高中相比，因此母親想把她轉到某名牌高中去，該校被常春藤大學錄取的學生比例要比迪奧里高中高不少。

關蘇月皺起了眉頭，說：「媽媽，你以為轉名牌高中是一件容易的事，我當初填志願時不是也報了幾個名牌高中，結果怎麼樣，人家不是沒有錄取我嗎，學校越好對學生的要求也越高，因為報考的學生多，競爭也越大，你覺得我這個樣子進得去嗎？」

母親的聲音提高了，月月，不是媽媽說你，你最大的毛病就是對自已沒有信心，遇到一點點挫折就開始打退堂鼓，就灰心喪氣，我幫你仔細分析了一下，你這次沒有被美國名牌高中錄取的主要原因是你的托福成績沒有考好，你別的方面其實不比那些考入名牌中學的學生差，當然，托福考得不好也不能怪你，你復習的時間還是太短了，再加上你原來的英語基礎也不是很好。媽媽覺得，只要你托福成績考好了，過了學校的分數線，轉校就沒有問題。

關蘇月一聽，頭嗡的一下變大了，媽媽，你的意思是，我還要考一次托福？

母親說：「我就是這個意思，我打算給你報一個托福在線課程培訓班，這樣的話，你在美國也可以上托福網課。同事給我推薦了一個，叫新天地托福網課，我上網查了，確實不錯，網上的評價也很好，教課老師都是第一流的，他們的教學經驗很豐富，熟知托福考試套路，教出來的學生考托福高分的比例很高，而且網課時間安排得也很靈活，完全可以根據你在美國的作息時間來安排。」

關蘇月聽了，沒有作聲，她又能說什麼呢？只要是母親認定了的事，她說什麼都沒有用，只會惹母親更加生氣，最好的辦法就是保持沈默。母親停了一會，見關蘇月不說話，說：「月月，媽媽對你的要求也不高，你只要把托福成績提高到九十五分就ＯＫ了。」

關蘇月聽到母親要她托福成績考到九十五分，頓時倒吸了一口涼氣，眼前仿佛出現了一座聳立雲天的高山，母親後來說了些什麼，她已經是這隻耳朵進那隻耳朵出了。

九、與校橄欖球明星費迪南同班

第二天數學課，關蘇月剛把課本和文件夾從書包裡拿出來，就見費迪南走了進來。費迪南沒有穿球隊校服，穿一件灰色Abercrombie & Fitch短袖T恤衫，下面是一條牛仔褲。關蘇月看見費迪南時，有那麼一些驚訝，她沒有想到費迪南居然和自己在同一個數學班。昨天上數學課時好像沒有看見他，但也不一定，也許他來了，只是自己沒有注意到他。費迪南坐在右邊靠窗的座位，和關蘇月只隔了一排，關蘇月只要稍微側一下頭，往窗戶那邊望，就能看到費迪南的左側面。

昨天關蘇月在餐廳見到費迪南時，因為隔得比較遠，只能看個大概輪廓，現在可以看得很清楚了。費迪南的頭髮是淺棕色的，有些自然捲，他的眉毛很濃，和頭髮幾乎是一個顏色，眼睛是藍色的，不是藍天的那種純淨藍，而是深不見底的湖水的那種藍，他的鼻梁筆直而挺拔，鼻翼邊有幾粒淺棕色的雀斑，嘴唇的輪廓很清晰，嘴角有些微微上翹。關蘇月在心裡給費迪南打分，身材屬於一流，長相屬於中等偏上。儘管費迪南在迪奧里高中的男生中不是長得最帥氣的，但他有一個足球隊隊長的頭銜，這給他加了不少分，難怪有那麼多女生喜歡他。這時，費迪南好像察覺到了什麼，扭過頭來看了一眼，視線正好與關蘇月的目光相撞，關蘇月心裡一驚，趕忙把頭轉了過來。

關蘇月為自己的失態感到懊悔，上課時不好好聽老師講課，盯著一個男生看，看什麼看，有什麼好看的？她記得過去從來沒有在上課時這樣仔細看過一個男生，真的從來沒有過，但這並不是說：「關蘇月從來沒有喜歡過一個男生，她有過喜歡的男生，讀小學時有，讀初中時也有，這些男生都有一個共同點，那就是他們在班上的學習成績都很優秀，當然長相也都說得過去。」但關蘇月從來沒有像看費迪南那樣看過他們。在課堂上，她必須專心聽老師講課，唯恐錯過了老師強調的重點，哪裡有心思去觀察某個男生長得怎麼樣。也許是現在來到了美國，學習壓力沒有那樣大了，再加上美國老師講課時，講的內容比較分散，也不強調重點，全憑你自己怎麼理解，上課氣氛也比較寬鬆，尤其是上數學課，泰安娜小姐講的東西不少是她在國內已經學過的，所以不知不覺就開起小差來了。

關蘇月收拾起心情，把注意力重新放在泰安娜小姐身上，專心聽她講課。

來美國之前，母親曾經很認真地和關蘇月談論過關於在高中要不要交男朋友的事。母親語重心長地說：「月月，在美國讀高中的這四年對你來說是至關重要的四年，決定你未來的前途和命運，你一定要好好把握，你一個人在美國，天遠地遠的，爸爸媽媽都管不了你，只能靠你自己自覺了，你是知道爸爸媽媽對你的期望的，那就是把所有的精力都放在學習上，爭取高中畢業時能考上美國常春藤大學。」因此，在高中學習這段時間，我和你爸都不主張你談男朋友，為什麼呢？母親在這裡加重了語氣，因為一個人的精力是有限的，如果你把心思放在談男朋友上了，你就不會把心思放在學習上，俗話說：「一心不能二用就是這個道理。並且，在中學談男朋友也是最不靠譜的事，因為你還太年輕，心理和生理都沒有成熟，這個時候談朋友只有壞處沒有好處。」母親語重心長地說：「月月，媽媽說這些都是為了你好，你要相信媽媽，媽媽畢竟是過來人，這樣的事情看得太多了」，所以說：「你要談朋友也要等你進了大學再說，那個時候，你長大了，心智都成熟了，知道自己喜歡什麼樣的人，而且到那個時候，你周圍的男生也都是很優秀的人，你們志同道合。」關蘇月默默地聽著，心裡倒是有幾分認同母親的話。

十、在費迪南面前出洋相

十月初，一場突如其來的雪襲擊了普羅多納市，大雪紛紛揚揚地下了一夜。早晨起來，關蘇月看見窗外已經是銀裝素裹，千樹萬樹梨花開，地上覆蓋了足有二十釐米的雪，氣溫也驟然降了下來，達到了零下七度。一大早，學校的鏟雪車便在外面嗦嚓嗦嚓開始工作了，把從學生宿舍到餐廳，餐廳到教學樓，教學樓到圖書館的幾條主要幹道上的雪鏟掉了。但鏟過雪的路面仍然結著冰，像是鋪了一塊透明的玻璃板，滑溜溜的。關蘇月穿的鞋子不防滑，在去餐廳的路上，她一個不留神，滑了一跤，一屁股坐在地上，她顧不得屁股摔痛了，趕緊爬起來，但站起來的時候，又滑了一跤。所幸的是，沒有人看見她摔跤。

關蘇月看了天氣預報，這兩天天氣都不會轉晴。她便想盡早去商場買一雙防滑鞋。下午下課後，關蘇月坐公共汽車去了市購物中心，來到購物中心最大的一家鞋店。鞋店裡，一排排長長的鞋架上面擺著各式各樣的鞋子。關蘇月的目標是防滑鞋，她專挑那些鞋底紋路比較深的鞋子看。很快，關蘇月看中了一雙鞋面有黑白流線型圖案的球鞋，鞋子式樣也很秀氣。她把鞋子從架子上拿下來看鞋底，只見鞋底除了有很深的輪胎紋路外，還有一些三角形的凸起。關蘇月想，這種有三角凸起的鞋底應該更加不容易打滑。她從下面的鞋櫃裡找到一雙合適的鞋碼，穿上球鞋，在商店的水磨石地面上走了一個來回，感覺還不錯，便買下了這雙球鞋。

第二天仍然是陰天，天空灰濛濛的，厚厚的雲層很低，彷彿隨時都會墜落下來。關蘇月穿著新買的球鞋去上課，走在結冰的路上，腳下不再打滑了，每一步都走得穩穩當當。關蘇月在教學樓門口碰到了凱莉張，凱莉張一眼就注意到了她腳上穿的新鞋，問她，蘇月，妳這雙鞋子好看，是在中國買的？關蘇月說不是，她昨天去市購物中心鞋店買的。凱莉張說：「我喜歡這種黑白條紋的圖案，看上去簡潔清爽。」

那天上午，關蘇月只有三節課，第四節課是屬於她自由安排的時間。關蘇月便想去學校後面看雪景。關蘇月自小生長在南方，冬天很少見到雪，記憶中有過兩次下雪的冬天，但那都不能叫下雪，一片片雪花薄得像絹絲，不等落到地上就化了，只有在某些街道角落裡，能看到一層薄薄的雪，也曇花一現般的很快消失了。

關蘇月踩著積雪去了學校後面的體育場。偌大的體育場像是蓋上了一床厚厚的白地毯，變成了一個銀色的世界，往日喧嘩的體育場，現在變得無比的安靜，彷彿是雪遮罩了所有大自然的聲音。體育場邊上有一排楓樹林，楓樹葉子在下雪以前就已經變紅了，看上去像一片火紅的雲彩。如今，在白雪的襯托下，楓葉紅得更加耀眼了，就像是一片正在燃燒的火焰。

關蘇月走到楓樹下，看見雪地上掉落了很多楓葉，每片葉子依然新鮮艷麗，五個葉片像張開的五根手指。關蘇月起了憐憫心，她把落在雪地上的楓葉一片片撿起來，把它們堆在一起，又用雙手捧起地上的雪，把雪蓋在楓葉上面，雪地上出現了一個小小的雪堆。關蘇月在雪堆前面很有儀式感地雙手合掌做了祈禱。

關蘇月往回走的時候，她沒有走在鏟去了雪的人行道上，而是走在鬆軟的雪地上，她喜歡在雪地上行走的感覺，就像踩在棉花上。走出小廣場後，關蘇月跺了跺腳，把鞋面上覆蓋的雪跺下來。這時，她聽到後面有人叫她的名字，她回過頭來看，原來是費迪南在叫她。

關蘇月有些意外，雖然她和費迪南同在一個數學班，但兩人從來沒有說過話。

費迪南說：「蘇月，妳以前踢過足球？」

關蘇月愣了一下，以為自己聽錯了，問他，妳說什麼？我踢過足球，妳能再重複一遍嗎？

費迪南說：「我問妳以前是不是踢過足球，妳在中國的時候？」

關蘇月笑起來，她覺得費迪南的話有些可笑，說：「我從來沒有踢過足球，妳怎麼會覺得我在中國踢過足球呢？」

費迪南顯然不相信她說的話，他看看她腳上的鞋，說：「是嗎？我看妳穿了一雙足球鞋。」

關蘇月有些困惑，但迅即反應過來，妳是說，我腳上穿的鞋是一雙足球鞋？

費迪南點點頭，說：「我就是看見妳穿了一雙足球鞋才以為——」他突然停住，啞然失笑道，「蘇月，妳不知道妳腳上穿的是一雙足球鞋？」

關蘇月的臉唰地一下紅了，尷尬得簡直無地自容了，這時候如果地上出現一條裂縫，她肯定會立即鑽進去。

幾個男生嘻嘻哈哈地走過來，有人喊費迪南的名字，費迪南回過頭應了一聲，對關蘇月說：「以後見，和那群男生一起走了。」

那天中午，關蘇月沒有在餐廳吃飯，她拿了一個三明治和一瓶水去了圖書館。關蘇月在閱覽室打開電腦，在搜索頁面上輸入了球鞋，足球鞋幾個字，她想弄明白，足球鞋和普通球鞋到底有什麼不同。很快，關蘇月便得到了她想要的答案。原來，足球鞋和普通球鞋還真的不一樣，兩者的差別主要是在鞋底，足球鞋的鞋底上帶有鞋釘，這是為了增強鞋子的抓地力而特製的。關蘇月買的這雙鞋，鞋底的那些三角形凸出就是這樣的鞋釘。此外，足球鞋和普通球鞋還有一些其他微小的差別，比如足球鞋的鞋身比較秀氣，鞋尖稍稍有些扁等，但這都不是關鍵點。既然足球鞋和普通球鞋的差別主要是在鞋底，關蘇月因此可以斷定，費迪南一定是看見了她鞋底的三角釘才知道她穿的是一雙足球鞋，可是，費迪南怎麼會看到她的鞋底呢？

關蘇月抬頭向窗外望去，窗外的草地被大雪覆蓋了，白茫茫一片，一隻小松鼠不知道在雪地上尋找什麼，兩隻前爪不停地在雪裡扒拉著，毛茸茸的大尾巴豎得像一扇屏風。關蘇月看見雪地上小松鼠留下的雜亂的花瓣型腳印，頓時恍然大悟——費迪南一定是看到了自己留在雪地上的三角釘的鞋印，肯定是這樣的，不然他怎麼會知道她穿的是一雙足球鞋。關蘇月的臉又是一陣發熱，她覺得自己在費迪南面前丟了面子，出了洋相，她連足球鞋都不認識，費迪南心裡不定在怎麼嘲笑她呢。

十一、梅蘭妮買了穿衣鏡

星期六上午，關蘇月本來和梅蘭妮約好了一起去市中心逛商場的，但不巧的是，這天早上，關蘇月的大姨媽來了，她的下腹部痛得厲害，臉上直冒虛汗。關蘇月每次來大姨媽的第一天都會小肚子痛，一般要持續兩三個小時，過去在家裡時，母親會給關蘇月煮一碗紅糖薑茶喝，關蘇月喝了之後，腹痛會慢慢得到緩解。但現在不是在家裡，沒有母親在身邊，她只能縮在被窩裡，獨自忍受著痛苦。

梅蘭妮知道關蘇月肚子疼是因為月經來了，她從抽屜裡拿出一個藥瓶，從裡面倒出兩片藥，她把藥給關蘇月，說：「這是兩片布洛芬，是止痛藥，不是醫生開的處分藥，我在藥店買的，我來月經的時候，也和你一樣，肚子疼，吃了布洛芬就不疼了，你試試看。」梅蘭妮把藥給關蘇月，又給她端來一杯水。關蘇月吃過藥後，躺了一會，肚子疼痛便緩解了，只是隱隱疼了。布洛芬的效果還真是不錯。

中午時分，梅蘭妮逛街回來了，扛回來一個一米高一尺半寬的扁狀紙盒子。關蘇月問梅蘭妮盒子裡面裝的什麼？梅蘭妮說是穿衣鏡。關蘇月問她怎麼想起買穿衣鏡了？梅蘭妮說：「我早就想買一個穿衣鏡了，這回在傑西潘尼（美國的連鎖百貨店），正好看到穿衣鏡打折，價格只是原價的一半，是一個good deal，便買下來了。」梅蘭妮擦了一把頭上的汗說：「只是這家夥太不好搬了，費了我一肚子的勁才把它弄回來。」關蘇月能想像梅蘭妮扛著這樣一個大號易碎商品上下公共汽車，下車以後還要扛著它走一裡地回到宿舍，真是挺不容易的，要是她今天沒有來大姨媽，和梅蘭妮一起去逛商店的話，兩個人搬就要容易得多。

梅蘭妮把穿衣鏡安裝在門後面的牆上，她不知道從哪裡弄來了一把錘子，動作很麻利地在牆上釘釘子，套上塑料墊片，關蘇月在一邊幫忙扶鏡子，看鏡子擺得正不正，很快就把穿衣鏡安裝上了。

裝完鏡子，梅蘭妮去浴室洗了一個淋浴，回來時的梅蘭妮洗盡鉛華，恢復了她的本來面目，她其實長相不錯，一張白淨的杏仁臉，眼睛像兩粒圓葡萄，嘴唇飽滿紅潤。關蘇月平時很難見到梅蘭妮的素顏。梅蘭妮每天起床後的第一件事就是用清水拍臉，然後開始化妝，好像不化妝她就不能見人似的。

美國學校允許學生化妝，但關蘇月除了樂隊演出化妝外，其他時間都是素面朝天。關蘇月同年級有一個韓國女孩，皮膚白皙細嫩，大大的眼睛，精緻的五官。關蘇月還以為韓國女生是天生麗質，但和韓國女孩同住一室的室友告訴她，女孩其實長相很一般，細長的眼睛，皮膚發黃，還有星星點點的雀斑。那個室友還說：「韓國女生每天早晨至少要花一個小時來化妝。」關蘇月聽了，還是不相信化妝會有如此神奇的效果，直到有一天，她去健身房鍛煉，正好碰上韓國女孩從健身房出來，女孩的臉上因為出汗的原因，某些地方掉了妝，這才讓關蘇月看到了女孩的廬山真面目。關蘇月這才相信，化妝確實能讓人變得漂亮起來，尤其是淡妝，即增加了顏值，還讓人看不出來。

儘管關蘇月對化妝的看法有了改變，但她仍然不願意化妝，主要是覺得化妝太麻煩，也浪費時間。關蘇月到底是年輕，有青春做底色，不需要人工雕琢。熟悉關蘇月的人說：「關蘇月是那種第一眼就看著舒服，再多看幾眼就會覺得越看越好看的女孩。」

梅蘭妮從抽屜裡把全套化妝用品拿出來，粉底液，遮蓋霜，眼影，眼線，睫毛膏，唇膏，五顏六色擺了一桌子，對著鏡子開始描眉，畫眼，搽腮，塗唇，關蘇月看著梅蘭妮那張被化妝品抹得走了樣的臉，忍不住說：「蘭妮，我覺得你化淡妝會更好看一些。」

梅蘭妮轉過頭看關蘇月，她的眼睛本來就不小，化過妝後足足放大了一倍，比牛眼睛還要大，一對假睫毛像兩把黑扇子忽閃忽閃的。梅蘭妮沒有接關蘇月的話，而是問關蘇月，你不覺得我這樣子很是與眾不同嗎？沒等關蘇月回答，她又回過頭去對著鏡子自我欣賞道，我覺得酷就是要和別人不一樣，如果做什麼事都隨潮流，跟別人做得一樣，那就不叫酷了。關蘇月本來還想推心置腹地和梅蘭妮說幾句心裡話的，聽梅蘭妮這樣一說：「也就不想說了，梅蘭妮愛怎麼做，是她的自由，本來就沒有她什麼事，犯不著鹹吃蘿蔔淡操心，還是少管閒事的好。關蘇月這樣想著，身子往後靠在床頭，又把枕頭拖過來墊在後背上，讓自已舒服一些，拿起放在床頭的一本英語詞彙書，開始背起單詞來。」

梅蘭妮化完妝，開始挑選衣服，她打開衣櫃，拿出一條有花卉褶襉喇叭裙穿在身上，又從衣櫃裡找出幾件上衣，在穿衣鏡前面開始試穿，她在鏡子面前走過來走過去，把身子扭得像一根麻花，高跟鞋踩在地板上，發出噠噠噠清脆的響聲。關蘇月被梅蘭妮的腳步聲干擾，根本沒有辦法集中精力背單詞，便翻身下床，打開抽屜，找出一副橘黃色耳塞。這副耳塞是關蘇月從北京來洛杉磯的飛機上得到的免費贈品。關蘇月把耳塞塞進耳朵裡，還是沒有用，高跟鞋的聲音仍然不屈不饒地撞擊著她的鼓膜，她一個字也看不進去。最後關蘇月只好無可奈何地放棄了。她放下書，雙手抱膝，下巴放在膝蓋上，開始觀看起梅蘭妮的個人服裝表演秀來。

梅蘭妮身上套了一件米色T恤衫，上面布滿了一隻隻誇張的藍色手掌印，天知道梅蘭妮從哪裡淘來這麼一件莫名其妙的衣服！梅蘭妮的身材並不苗條，體型有些發胖，如果她穿衣得體一些的話，是看不出她發胖的腰身的，但梅蘭妮偏偏追求的和別人不一樣的視覺效果，不僅顏色搭配得莫名其妙，連身體的尺度也被過度誇張了，當梅蘭妮在穿衣鏡前面自我感覺良好地左顧右盼時，關蘇月嘴裡含著的一口水差點噴了出來。

十二、凱麗張十六歲生日聚會

凱莉張和關蘇月坐在小廣場的臺階上。凱莉張從書包裡拿出一封信，給關蘇月，這是給你的。

信封是淡紅色的，上面有一顆顆金色的星星。關蘇月接過信封，用詢問的眼光看看凱莉張，凱莉張揚了揚下巴，示意她打開信封。關蘇月把信封打開，見裡面是一張生日聚會邀請函。原來，凱莉張下個星期滿十六歲，她邀請關蘇月下週星期六晚上去她家參加生日聚會。

關蘇月高興地說：「凱莉張，謝謝你邀請我參加你的生日聚會。」

凱莉張摟了一下關蘇月的肩膀，眼睛望著遠處的天空。蔚藍的天空，飄著朵朵白雲，那輕盈悠閒的樣子，讓人羨慕不已。凱莉張凝視了一會，轉過頭來看著關蘇月，說：「蘇月，你知道十六歲生日對我意味著什麼嗎？」

關蘇月想了想說：「意味著你又長大了一歲，但是，我們每年過生日都會長大一歲，是不是十六歲生日對你有著什麼特別的意義？」她詢問的眼睛看著凱麗張。

凱莉張的眼睛裡閃著亮光，說：「蘇月，你說對了，十六歲生日對我確實有不一般的意義。」

關蘇月望著凱莉張，什麼意義？

凱莉張說：「表明我自由了。」

關蘇月一時沒有領悟過來，你自由了，我不明白你的意思？

凱莉張興奮地說：「我下週滿十六歲，這意味著我可以開車了，我馬上就會有一輛屬於我自已的車了，你說我是不是自由了。」

關蘇月承認凱莉張說得對，有一輛車是真的很自由。她為凱莉張感到高興，問她，你家裡給你買了車？

凱莉張說：「還沒有，但我父親已經答應我了，只要我通過路考，拿到了正式駕駛執照，他就會給我買一輛車。」你說酷不酷！我打算生日那天就去考駕駛執照，就是下個星期四，以後，我就可以自己開車上學了，再也不用每天坐公交車上學了。

關蘇月羨慕地看著凱莉張，她的即將獲得美好自由的好朋友。

凱莉張十六周歲生日，該給她送一個什麼生日禮物呢？關蘇月為此很是費了一番神。最後她決定給凱莉張送一個書本燈。書本燈是關蘇月從中國帶來的，是她的心愛之物。書本燈的頁面是古香古色的青花，書本打開後便折疊成富有立體感的燈罩，從書頁中發出柔和淡藍色的光，溫馨而浪漫。

凱莉張收到禮物後，高興地給了關蘇月一個擁抱，說這是她收到的最富有情趣的生日禮物。

星期四晚上，關蘇月下晚自習後，收到凱莉張的短信，告訴她，她今天下午去市車管所參加路考，順利通過了，她現在拿到了駕駛執照，短信後面跟了一個開懷大笑的表情符號。關蘇月立即回了三個字，祝賀你！後面帶了一個喜氣洋洋放鞭炮的圖片。

凱莉張給關蘇月發了去她家的路線圖，在學校門口坐哪趟公交車，在哪個十字路口下車，要關蘇月到站下車後給她打電話，她好過來接她。

那天包括關蘇月在內，共有十六個迪奧里高中的學生參加了凱莉張的生日聚會，關蘇月是唯一被邀請的一年級新生。關蘇月所在的數學班也來了幾個學生，其中就有費迪南。

凱莉張家餐廳的長方型餐桌上擺了很多吃的東西，有中餐也有西餐。中餐有三鮮餃子，揚州炒飯，土豆燉牛肉，烤雞翅，西餐有法式烤麵包，烤牛排，義大利香腸，蔬菜沙拉等，還有各種小吃，土豆片，玉米片，巧克力餅，堅果，杯子蛋糕等。

關蘇月沒有看見凱莉張的父母，問凱莉張，你父母呢，怎麼沒有看見他們？

凱莉張說：「我父母不參加我們的聚會，我動員他們去電影院看電影去了。」

裝飲料的冰盒放在客廳裡。關蘇月打開冰盒拿飲料時，看見裡面除了礦泉水，可樂，雪碧外，還有十幾瓶罐裝啤酒。關蘇月有些驚訝，她知道美國法律對青少年飲酒控制很嚴格，規定只有年滿二十一歲以上的成年人才能喝酒。她問凱莉張，冰盒裡有這麼多瓶啤酒，是你父母買的嗎？

凱莉張聳聳肩說：「我父母才不會做這種違反法律的事呢，這些啤酒是費迪南他們弄來的。」

關蘇月擔心地說：「如果你父母知道了怎麼辦？」

凱莉張說：「我當然不會讓他們知道，在我父母回來之前，你可以盡情的喝。」

關蘇月說：「我不喝啤酒。」

凱莉張說：「我原來也不喝酒，後來開party多了，也喝一點點。如果你想喝果汁的話，廚房的冰箱裡有橙汁，蘋果汁，檸檬汁，你喜歡什麼自已去拿。」

關蘇月喜歡喝果汁，去廚房冰箱裡拿了一瓶橙汁，回來的時侯，在走道裡碰見了費迪南，費迪南手裡拿著一瓶啤酒。

自打足球鞋事件後，關蘇月和費迪南就沒有再說過話，有時，兩人在走廊上相遇，關蘇月也只是點點頭，或著笑一笑就了事，總是腳步匆匆，一刻也不停留。倒不是關蘇月小心眼，還在為那次丟面子的事耿耿於懷，不願意搭理費迪南。其實，關蘇月早就釋然了，不知道足球鞋有什麼了不起的，她又不是搞體育的，為什麼一定要知道足球鞋？純屬性格使然。關蘇月本來就不是那種喜歡主動和人打招呼的人，何況她和費迪南也確實沒有什麼話可說：「對於費迪南這種在學校比較引人注目的公眾人物，關蘇月更願意避而遠之。」

費迪南剛理了髮，頭髮剪得短短的，穿一件黑色V領T恤衫，一條淺黃色休閒褲。費迪南手裡拿著一瓶已經喝了一半的啤酒，他舉起啤酒瓶對關蘇月揚了揚，說：「蘇月，你好嗎？」關蘇月回了他一個笑臉，說：「我很好。」就在兩人即將擦肩而過的時候，費迪南突然對關蘇月說：「蘇月，我可以問你一個問題嗎？」

關蘇月止住腳步，望著他，當然可以。

費迪南的嘴角微微上翹，語氣裡帶了一種調侃的味道，蘇月，我是不是有哪些地方得罪了你？為什麼你見到我總是愛理不理的？

關蘇月沒有想到費迪南問的是這樣一個問題，一時不知道怎麼回答，頓了頓，嘴巴也不示弱地說：「我對你愛理不理了嗎？是你想多了吧，你又沒有得罪我，我憑什麼不理你。」

費迪南的臉上綻開了笑容，說：「那就好，我很慶幸沒有得罪你。」

關蘇月笑笑，沒說話，她覺得他們的對話結束了，她想走開，但費迪南沒有動，眼睛看著她，她也只好站著不動，等著他說話。

費迪南仰頭喝了一口啤酒，關蘇月能清楚地看到他吞嚥時喉結的上下蠕動。費迪南用手抹了一下嘴，說：「我小時候去過中國。」

是嗎，你去過中國？關蘇月的臉上頓時變得生動起來，她問費迪南，你去過中國哪些地方？

費迪南聳聳肩，搖了搖頭，說：「不記得了，那時年齡還太小，沒有留下什麼印象。」

關蘇月問：「你是什麼時候去的中國？」

費迪南說：「十幾年前，大約三四歲的時候。」

三四歲的時候，關蘇月覺得費迪南說話也太幽默了，忍不住笑出了聲，又覺得有些不禮貌，趕緊用手捂住了嘴。

費迪南的臉上有些困惑，他微微皺起了眉，你為什麼笑？你不相信我的話。

關蘇月趕忙收起笑容，說：「我當然相信你，我笑是因為我覺得你說話很幽默。」

謝謝你的誇獎。費迪南咧開嘴笑了，露出一排潔白整齊的牙齒。美國人把幽默看作是一種美德，很喜歡別人誇自己幽默。關蘇月發現，費迪南笑起來還是蠻可愛的，有那麼一點點調皮，還有那麼一些玩世不恭。費迪南又喝了一口啤酒，說：「我打算高中畢業後去中國旅遊。」

關蘇月說：「真的，你打算去中國哪些地方？」

費迪南說：「先去北京看故宮，看長城，然後去其它地方，我知道，中國有很多名勝古蹟，值得看的地方太多了。」

關蘇月點頭表示同意，說：「中國值得看的地方確實很多，如果你想看風景的話，有桂林，有張家界，有九寨溝，你想看山的話，有黃山，廬山，峨眉山，你想看歷史古城的話，有西安，那裡有聞名世界的兵馬俑，並且，你還可以品嚐各種各樣的中國美食……」關蘇月一下子變得滔滔不絕起來。

費迪南看著她，突然說：「蘇月，如果我去中國旅遊，你願意做我的導遊嗎？」

關蘇月愣了一下，感到很是意外，她看看費迪南那張似笑非笑的臉，不能確定他是認真的，還是在開玩笑。關蘇月想了想說：「我當然可以做你的導遊，如果你想雇我的話，我也很喜歡旅遊。」

這時，一個身穿藍色吊帶裙的女生像一道藍色閃電落在費迪南身邊，女生的一隻手順勢搭在了費迪南的肩上。

關蘇月認出女生是學校高二年級拉拉隊的隊長。關蘇月很少看體育比賽，唯一的一次是在學校體育場舉行的一場橄欖球比賽，那次是迪奧里高中和本州另一所私立高中的足球比賽，是凱莉張拉她一起去看的。那是一場競爭很激烈的足球賽，兩個球隊的實力相當。迪奧里高中的拉拉隊員們很賣力地為自已的球隊加油。拉拉隊員們都穿著統一的粉色短袖T恤和粉色短裙。只有啦啦隊長穿著粉色短袖T恤和白色短裙。那次球賽，迪奧里高中打贏了。身材長相出眾，活動能力超強的啦啦隊隊長給關蘇月留下了很深的印象。

啦啦隊長今天穿得特別性感迷人，一頭金褐色的頭髮高高盤在頭上，V型領口開得很低，露出一道深深的乳溝。啦啦隊長伸手拿過費迪南手裡的啤酒瓶，舉到嘴邊，仰頭喝了一口，嚥下去，然後，扭轉頭來，一雙丹鳳眼充滿挑釁地看著關蘇月。關蘇月不明白素不相識的啦啦隊長怎麼會用這種眼光看著她，她覺得很不舒服，一秒鐘也不想待下去了。關蘇月看了費迪南一眼，沒有說話，走開了。

十三、凱麗張聚會喝酒被父母懲罰

星期一上午第一節課是數學課，凱莉張遲到了。凱莉張走進教室的時候，關蘇月看見她一副無精打采，落落寡歡的樣子。在關蘇月的印象裡，凱莉張上數學課從來沒有遲到過，而且，凱莉張是那種張性格開朗，遇事有主見，獨立性很強的人，關蘇月從來沒有看見她被什麼事情難倒過。

今天凱莉張怎麼啦？關蘇月不禁為她擔心起來。她想到，凱莉張是不是感冒了。昨天，隔壁宿舍有一個住校生感冒了，被隔離起來，今天沒有來上課。但關蘇月馬上否定了，如果凱莉張感冒了，她今天不會來上課，那麼，是不是她家裡發生了什麼事？關蘇月乘泰安娜小姐轉身在黑板上寫公式時，拿出手機，給凱莉張發了一條短信，你還好嗎？但一直到數學課下課，關蘇月也沒有收到凱莉張的回音。

中午，關蘇月去餐廳吃飯，沒有看見凱莉張。關蘇月吃完中飯後，沒有和其他同學一起離開，而是一個人坐在餐桌邊。她想再等一會，她想凱莉張應該會來餐廳吃中飯，再大的事兒，不值得和飯賭氣。離上課鈴只有十分鐘的時候，凱莉張進來了，關蘇月連忙站起來向凱莉張招手。凱莉張看見她，走過來說：「蘇月，你還在這裡呀？」

關蘇月說：「我在等你呢。」

凱莉張去餐臺取了食品走過來。關蘇月看見她的餐盤裡只有一碗湯和一個香蕉，心裡沈了一下，看樣子，凱莉張真是遇到了什麼不順心的事。關蘇月等凱莉張坐下來後，問她，你沒事吧？我上數學課時給你發了一個短信，你沒有回我的短信。

凱莉張苦笑了一下，說：「你給我發短信我也收不到，我沒有帶手機。」

關蘇月問：「手機忘記帶了？」

凱莉張幽幽地說：「要是手機忘帶了就好了，隨即她嘆了一口氣，眼睛盯著桌上的湯碗」說：「我的手機被我爸爸沒收了，規定我一個星期不準用手機，我還被禁足一個星期，這一個星期，我哪兒也不能去，除了來學校上課外，只能待在家裡。」

關蘇月聽了大驚，問：「這是怎麼回事？凱莉張，你沒有做什麼違法亂紀的事吧，你父親怎麼會發那麼大的火？」

凱莉張用杓子有一下沒一下地攪著墨西哥辣豆湯，半天才說：「我們星期六晚上聚會喝啤酒的事被我父母知道了。」

關蘇月驚訝道，你父母是怎麼知道的？

凱莉張說：「我母親昨天上午打掃屋裡衛生時，在客廳的沙發下面找到了一個空啤酒瓶。」

關蘇月說：「怎麼會呢？我們那天晚上不是把所有喝完的空啤酒瓶都撿起來，扔進垃圾桶裡了嗎？」聚會那天晚上關蘇月雖然沒有喝啤酒，但她也一起參與了啤酒瓶銷贓活動。

凱莉張滿臉沮喪地說：「我怎麼知道，我記得那天晚上我還檢查了客廳沙發底下的，沒有看到啤酒瓶，也許是沙發底下光線太暗，我沒看仔細，漏掉了。」

關蘇月調侃說：「也說不定是啤酒瓶長了腿，自己跑到沙發底下去了。」

凱莉張噗哧一聲笑了，說：「蘇月，你還有心思開玩笑。」

關蘇月說：「我就是想讓你心情好一點，其實，一個星期還是過得很快的，眼皮眨一下就過去了，沒有什麼了不起的。」

凱莉張仍然嘆氣，你不知道，還有更糟糕的事呢。

什麼更糟糕的事？關蘇月問。

凱莉張說：「我本來和我爸爸說好了這個星期天，也就是昨天，我們一起去車行看車的，他要給我買一輛二手車，這下好了，他不給我買車了。」我爸爸說：「為了懲罰我，要等一個月後才考慮給我買車的事。」蘇月，你說我是不是特倒楣，所有不幸的事都讓我遇到了。

關蘇月鬆了一口氣，說：「凱莉張，你嚇我一跳，我還以為你家裡不給你買車了呢，不就是晚一個月買車嗎，也沒有什麼了不起的，一個月以後你就有車了，就當你的生日推遲了一個月。關蘇月試圖安慰凱莉張。」

凱莉張舀了一杓辣豆湯放進嘴裡，悶悶地說：「只能這樣想了，不這樣想都沒法活下去了。」唉，我還得再坐一個月的公共汽車上學，想一想就覺得頭痛。

十四、託福網課時間與母親爭執

在托福課程時間的安排上，關蘇月和母親在電話裡發生了爭執。母親認為，關蘇月每天的課程表並不是排得滿滿的，還有不少時間可以自由安排，因此每天抽出個把小時上托福課是沒有一點問題的。但關蘇月不這樣認為，她覺得，母親根本不知道她在學校裡的實際情況，完全是在憑空想像。關蘇月激動地說，說話的聲音也不由得提高了十幾分貝，「媽媽，我每天都要上七節課，除了必修課英語，數學，歷史，科學，外語外，我還有幾門選修課，再加上體育課，所有的時間都安排得滿滿的，哪裡還擠得出時間來上托福課。」

梅蘭妮坐在床上，正在看一張產品說明書。她剛剛收到一個快遞，是兩天前她在網上購買的一套化妝品系列。聽見關蘇月在大聲說話，梅蘭妮抬起頭來，雖然她聽不懂關蘇月在說什麼，但她看見關蘇月一隻胳膊肘撐著桌子，手裡拿著手機在說話，她的臉漲紅了，表情有些激動。梅蘭妮走過去，輕輕拍了一下關蘇月的肩。關蘇月抬起頭看她，梅蘭妮把兩個手指放在嘴上，做了個噓的動作。關蘇月意識到自已的失態，對梅蘭妮伸了伸舌頭，用嘴型回了個對不起。

關蘇月壓低聲音對母親說：「媽媽，你等一下，我出去再說。關蘇月拿著手機走出宿舍，來到走廊盡頭的窗戶邊。」

平時在宿舍裡，關蘇月和母親電話通話時，不管是聊家裡的事，還是學校裡的事，甚至八卦她的室友，都沒有避開梅蘭妮，沒有必要，反正梅蘭妮也聽不懂中文，聽了也是白聽。但反過來，梅蘭妮就沒有這樣的自由了，梅蘭妮有任何一點悄悄話，都得避開關蘇月，去外面走廊裡去說。梅蘭妮開玩笑說：「蘇月，你在宿舍打電話，想說什麼就說什麼，可我就不行，有點私事都得去走道上去說」，這也太不公平了。關蘇月開玩笑說：「蘭妮，你想要公平的話，也很容易，趕緊學好中文。」梅蘭妮吐了吐舌頭，說：「我的上帝，中文太難學了！我想我一輩子都學不會。」

母親說：「你們學校不是每天三點鐘就下課了嗎？」

關蘇月說：「三點鐘下課以後，我還要去教室裡找老師問問題，不懂的東西還要老師給我做輔導，那之後我還有一個半小時的體育課，體育課是不準請假的。」

母親說：「你吃完晚飯後呢？你們晚自習不是要在七點半才開始嗎？這中間可以擠出一個小時來呀。」母親看過關蘇月的課程表，對她的課時安排了解得很清楚。

關蘇月說：「吃完晚飯以後我還有好多其他活動呢，我們有社區服務，俱樂部活動，還有……」

母親沒等關蘇月說完，就打斷了她的話，說：「月月，你當我不曉得，這些活動都不是學校規定的，你可以參加也可以不參加。」

關蘇月辯道，社區服務是學校要求的，其他活動雖然學校沒有要求，但它們也是屬於綜合素質的範疇，今後大學錄取時是要做參考的。

母親語氣變得不耐煩起來，月月，這些活動你可以以後再參加，凡事都有個輕重緩急，你現在最要緊的事情就是把托福成績搞上去，你應該明白這一點。

關蘇月突然覺得很委屈，眼淚不爭氣地湧入了眼眶，她氣惱地說：「晚飯後那段時間同學們都有活動，到處都是鬧哄哄的，沒有一個安靜的地方，你要我去哪裡上課？」關蘇月的最後一句話簡直就是喊出來的。

電話那邊沈默了，關蘇月也意識到自已的失態，不作聲了，她能聽到自已出氣的聲音。過了一會，母親說話了，聲音變得柔和起來，月月，你不要激動嘛，我這是在和你商量，你要是平時上課抽不出時間來的話，那就把上課時間定在週末，星期六或者星期天，你看行不行？

關蘇月見母親讓步了，心裡的火氣也消了下來，說：「週末可以。」

母女兩又經過一番商討，把托福上課時間定在星期六下午三點鐘到五點半鐘。

母親最後說：「月月，你不要對媽媽有怨氣，媽媽也不容易，這些天來，媽為你留學的事，每天晚上都要弄到半夜以後才睡，家務事全推給了你爸。媽的辛苦是為了什麼？還不都是為了你今後有個好的前途嗎？真是可憐天下父母心，你現在還小，還體會不到這點，等你今後長大，你就會明白了。」

十五、和凱麗張開車兜風

中午在餐廳吃午飯的時候，凱莉張興奮地說：「蘇月，告訴你一個好消息，我現在有自己的車了。」凱莉張的臉光彩照人，越發俏麗了。人逢喜事精神爽，這話說得一點也不錯。

關蘇月也很高興，說：「凱莉張，我說得沒錯吧，一個月轉眼就過去了，你是這個週末買的車吧？」

凱莉張說：「嗯，這個星期六和星期天我和我爸看了兩天的車，總算把車買回來了。」我今天就是自己開車來上學的，那感覺就是爽！

關蘇月舉起手和好朋友拍了一下巴掌，說：「祝賀你，凱莉張，你如今有了人生的第一輛車！」

凱莉張說：「蘇月，你想看我的車嗎？」

關蘇月說：「當然想看。」

凱莉張說：「等我們吃完飯，我帶你去停車場看我的車。」

她們來到後面的學生停車場。凱莉張的車停在一個比較靠邊的角落裡。凱莉張對關蘇月解釋說：「我想把車盡量停得遠一點，免得哪個冒失鬼不小心把我的車給撞了。」看得出來，凱莉張很愛惜她的車子。

凱莉張的車是一輛白色的豐田凱美瑞，雖然有五年車齡，但車子看起來還和新的一樣。凱莉張告訴關蘇月，她的車不是在二手車市場買的，是她父親看了廣告後，他們一起去車主家買的，車保養得很好，車主不開車時，就把車停在車庫裡，避免了很多風霜雨雪，烈日暴曬。

關蘇月圍著車轉了一圈，她也很喜歡這輛凱美瑞，別致的車燈和流線型車型，還有它的端莊大氣。關蘇月再過半年也滿十六歲了，她也很想學會開車，如果她也有一輛屬於自己的汽車，也能把車開上街的話，那該有多美！但是關蘇月知道，這是不可能的，至少在可以預見到的這幾年內，父母是不會允許她開車的。雖然在美國買一輛普通的車並不貴，尤其是二手車，有時便宜得讓你吃驚。但這不是錢的問題。兩個星期前，關蘇月在電話裡告訴母親，她的朋友凱莉張的父母要給凱莉張買一輛車。母親聽了頓時大驚，說：「凱莉張才多大呀，她父母怎麼能給她買車呢？」關蘇月說：「凱莉張滿十六歲了，她已經拿到駕駛執照了。美國法律規定，十五歲就可以學開車，十六歲就能拿到駕駛執照。」母親說：「那簡直就是胡鬧，美國的法律怎麼會允許一個十五六歲的孩子開車呢，這個年齡的孩子，不成熟，喜歡感情用事，要是撞了人，那可是人命關天的事，這不是拿生命開玩笑嗎？」母親很嚴肅地說：「月月，我是不會讓你這麼早就學開車的，要開車也要等你長大以後再說。」關蘇月問母親：「我什麼時候才算是長大了？」母親說：「起碼也要等你長到十八歲吧。」這意味著，關蘇月要想有一輛自己的車，只有等到上大學以後再說了。

上課的第一道鈴聲響了，關蘇月和凱莉張朝學校教學樓走去。凱莉張問好友，蘇月，週末你想不想坐我的車去郊外兜風？

當然想。關蘇月不假思索地說。來迪奧里高中後，關蘇月除了坐公交車去市裡的購物中心買東西，還沒有在市區內逛過，更不用說去郊外的地方了，現在，凱莉張要開車帶她出去兜風，是她求之不得的事，她哪裡有不願意去的。

凱莉張興奮地拍了拍關蘇月的肩膀，那太好了！我們可以這個星期六去，你星期六有時間嗎？

關蘇月通常星期六上午都會去練琴房彈鋼琴或者是吹長笛，這已經成為她的習慣了。過去在家裡時也是這樣，每個週末她都會練一會兒，她把這當作一種樂趣，也是一種精神享受。關蘇月的鋼琴和長笛考到了九級後，輔導老師曾鼓勵她去報考音樂院校，但父母不同意，她自己也不是很願意，她寧願把彈琴吹笛當作自已的業餘愛好。從練琴房出來，關蘇月還會去健身房鍛鍊一個小時，並且下午三點鐘，還有雷打不動的托福網課。不過，為了能和凱莉張一起出去開車兜風，其他的事都可以不做，除了托福網課。

關蘇月說：「我星期六上午有時間，但我必須在下午三點種以前趕回學校。」

凱莉張說：「三點鐘以前回來沒有問題。」

關蘇月說：「那星期六行。」

凱莉張說：「好，我們就這樣定了，星期六上午我開車來接你，我們九點半鐘在學校停車場見面。」

關蘇月說：「我們不見不散。」

星期六早晨，關蘇月起床時，看見天還有些陰，霧濛濛的，隨時要下雨的樣子。她有些擔心，怕今天有雨，有雨的話，就只能取消了。她查了一下天氣預報，天氣預報說下雨的概率是百分之二十，百分之二十的概率不算大，但誰知道呢。

九點左右的時候，天空漸漸變得明亮起來，一縷縷霞光從破裂的雲層中透出來，在宿舍窗戶上打下一道道光的斑斕，預示著太陽很快就會出來。關蘇月不再擔心會下雨了。她開始做出發前的準備。她把齊肩頭髮用橡皮筋紮成馬尾辮，高高翹在腦後，又往身上套了一件灰色套頭衫，換上牛仔褲和球鞋。這時她收到凱莉張的短信，說她現在正在路上，很快就要到學校了。

關蘇月剛走到停車場，凱莉張的車就開進來了，車在關蘇月邊上停下，她打開副駕駛門上車，從肩上拉過安全帶繫上，問凱莉張，我們今天要去哪裡？

凱莉張把副駕駛座的窗戶搖下來，說：「你還沒有在普羅多納市內逛過吧？」

關蘇月說：「沒有。」

凱莉張說：「那就這樣，我們先逛市內的幾條主要街道，然後開車出城去雙子湖，你聽說過雙子湖嗎？」

關蘇月說：「聽說過，聽說雙子湖的景色很美，尤其是在秋天。」

凱莉張說：「雙子湖的秋天真的很美，你去了就知道了。」我今天要帶你去看雙子湖的楓葉，那才好看呢！雖然，這附近看楓葉的地方很多，但雙子湖的楓葉是最美的。現在正是看楓葉的時候，再過一週就沒有那麼好看了，很多葉子都掉下來了。我還想帶你去看斯達庫爾溶洞，斯達庫爾溶洞離雙子湖不遠，溶洞裡有很多鐘乳石，長著各種各樣的形狀，非常奇妙，很值得一看。我們看了溶洞後，就去逛格力維斯直銷中心，格力維斯直銷中心是我們這一帶最大的露天商場，很多美國名牌廠家在那裡都有分店，因為是廠家直銷，所以賣的東西要比一般商場便宜很多。我和我媽每年都會去那裡買衣服。中午我們就在格力維斯的食品廣場吃飯。食品廣場裡面有很多餐館，你在那裡可以吃到來自中國，韓國，日本，墨西哥，巴西，義大利還有別的一些國家的食品。

關蘇月聽了，更加期待了，恨不得馬上就能飛到那裡。

普羅多納市的夏天是美麗恬靜的，到處是綠茵茵的草地，蔥鬱的樹木，長滿各種鮮花的花圃花壇，但現在已到秋天，許多鮮花都凋謝了，只有少數殘花還留在枝幹上，作著徒勞無望的掙扎。草地已經開始發黃枯萎，街道兩邊的樹葉從綠變紅或著變黃，在經歷曇花一現的驚人美麗之後，也紛紛揚揚地飄落下來，地上堆了厚厚一層樹葉，讓人感到一種深秋的蒼涼。

普羅多納市市區不大，要是在中國，充其量也只能算一個小鎮。普羅多納也和美國大多數城鎮一樣，沒有什麼特色，市政府也只是一座不起眼的三層紅磚樓房，連個圍牆都沒有，唯一比較有亮點的是位於羅斯福大道上的一座白色尖頂哥德式教堂，教堂的尖頂高達四十多米，教堂的基石和臺柱都是白色大理石。據說這個教堂已有一百多年的歷史。

逛完市裡的幾條主要街道，就在凱莉張掉過車頭準備往郊外開的時候，她突然想起什麼，對關蘇月說：「蒙德裡街的西頭有一間很老很老的屋子，叫開拓者小屋，那是最早來這裡的開拓者修建的房子，距今已有一百五十多年的歷史了，你想不想去看看？」接著，她又補充說：「開拓者小屋離這裡不遠，開車五分鐘就到了。」關蘇月說：「既然不遠的話，我們還是去看看吧。」凱莉張立馬調轉車頭，往西開去。

開拓者小屋坐落在一個長滿野草的土坡上。凱莉張把車停在離小屋不遠的一處空地上。兩人下車，沿著一條碎石小路來到小木屋跟前。小屋前面立著一個四方木牌子，木牌子上面寫著密密麻麻的字，因為年頭太久，很多字已經脫落，根本無法辨認。關蘇月從一扇裸露的小窗往裡面看，見屋裡有土磚造的爐灶，木頭床，石頭凳子，還要一些簡陋的工具，都已經破舊不堪，蒙上了厚厚的灰塵。關蘇月不由得想，這位開拓者的後代現在一定沒有住在普羅多納市，不然的話，他們是不會讓自已老祖宗的故居頹廢成這個樣子的。

汽車出城後，太陽出來了，雲開霧散，天空如洗過一樣的藍得透明，陽光明晃晃地照著大地，有些刺眼睛。凱莉張戴上了遮陽鏡。關蘇月沒有戴墨鏡，她想看沿路的彩色風景，而不是經過墨鏡過濾了的。車在一條筆直平坦的鄉村公路上行駛。這條路是雙向單車道，路上車輛不多，雖然是風和日麗，但車子一開起來，還是感覺風很大，在耳邊呼呼地吹。關蘇月把頭探出窗外，風把她的頭髮吹散了，四處飛揚，感覺就好像要飛起來一樣。關蘇月很享受這種被風吹著的感覺。一輛吉普車從對面車道開過來，敞開的車窗伸出一個毛茸茸的狗頭，關蘇月很想看清這條狗的臉，但沒有如願，車速太快，嗖地一下就飛過去了。

她們的車經過一片橘子林，黃澄澄的橘子掛在枝頭，像小燈籠一樣，又經過一片蔬菜地，蔬菜地裡搭滿了支架，然後便看到無邊無際像金黃色海浪一樣的玉米地，玉米稈上結著一個個飽滿的金黃色玉米棒。關蘇月問凱莉張，這些就是我們平時吃的那種甜玉米嗎？關蘇月很喜歡吃甜玉米，味道又嫩又甜，水分很多。

凱莉張搖頭說：「這些都不是甜玉米，我們叫它field corn，不是給人吃的，主要是用來作牲口飼料的。」

她們看見路邊有一個用金屬桿撐起來的白色遮陽篷，帳篷裡面有長桌子，上面放著水果，糕點之類的食物。凱莉張說：「我們進去看看。她把車停在路邊，兩人下車，走進遮陽篷。」只見桌子上擺著蘋果，橘子，葡萄，等水果，還有一些小點心，巧克力餅乾，芝士薯球，地瓜片等，都分別裝在透明食品袋內。桌子旁邊立著一塊小紙牌，上面寫著各種水果和點心的價格，邊上還放著一個塑料盒，裡面有幾張小額紙幣和一些硬幣。關蘇月朝四處望了望，想找到賣東西的主人，但連一個人影子也沒有看見。凱莉張說：「你看不到賣主的，這是附近農民在路邊設置的無人攤位，我們拿了食物後，把錢放在塑料盒裡就行了。」關蘇月買了一小袋巧克力餅乾，她立馬打開就吃起來。巧克力餅乾是新鮮烘焙的，還帶著剛出爐的香味，吃到嘴裡又酥又香，和她在學校餐廳吃的那種從超市買來的巧克力餅乾的味道根本無法相比。

汽車開進一處山谷，仿佛來到了一個金色世界。道路兩邊都是清一色的楓樹，淡黃色的葉子亮得耀眼，兩邊楓樹的樹梢幾乎連在了一起，仿佛是走進了一條金色甬道，滿眼都是金光燦燦。關蘇月東看西看，目不暇接，覺得眼睛都不夠用了。她想叫凱莉張把車停下來，她下車好好看一看，凱莉張看出了她的心思，說：「這條路不允許停車，我們只能隨著車流慢慢往前開。」車開出金色甬道後，沿著蜿蜒的山道又轉了兩個彎，便到了雙子湖。

雙子湖是兩個大小一模一樣，仿佛是一對孿生兄弟的橢圓形狀的湖，兩個湖雖然緊挨在一起，但湖裡的水並不是相通的。雙子湖周圍是草地和樹林，再遠一點就是起伏的山巒。受局部氣候的影響，雙子湖深秋的跡象並不很明顯，草地依然是綠茵茵的，厚實得像一塊綠色的地毯，各種顏色的野花開得恣意燦爛，湖邊的楓樹葉子有紅黃兩種顏色，紅得像火，黃得像金，紅和黃重重疊疊，散發著令人炫目的色彩，湖邊的樹葉倒映在清澈的湖水裡，再加上藍天，白雲的陪襯，美得都不像是在人間了。關蘇月連連驚嘆道，哇噻，這裡真是太美了！關蘇月平時不喜歡照相留影，這時也情不自禁地把手機拿出來，要凱莉張給她拍幾張照片。她對凱莉張說：「這麼漂亮的景色，不留個紀念也太對不住大自然了。」凱莉張為關蘇月照了很多照片，有絢麗多彩的楓葉，有野花點綴的草地，有遠方起伏的山巒，但拍得最多的還是湖邊倒影，岸邊與水中的景色相互輝映，人與景色融為了一體。

凱莉張拍完照後，把手機還給關蘇月，關蘇月一張張往回放，嘴裡念著，這張照得不錯，這張好美，這張真是太美了！關蘇月當即就挑了幾張照片發送到她在國內的朋友圈，還在照片下面配了一行文字，美國雙子湖留影，此景只應天上有！！！後面打了三個大大的驚嘆號。

斯達庫爾溶洞在雙子湖的北邊，從雙子湖到斯達庫爾溶洞開車還不到五分鐘。溶洞有兩里多長，洞裡遍布形態各異的鐘乳石和石筍，有從頂上懸掛下來的，也有從地上長出來的，還有斜著從壁上長出來的，有的長得像簾子一樣垂下來，有的像梯田一樣層層疊疊，有的像花瓣一樣盛開，一片片重疊，還有一個長得很像和尚，杵著拐棍坐在石柱上，真是千姿百態！讓關蘇月感到有些遺憾的是，溶洞裡面的照明燈全部都是普通白熾燈或著螢光燈，因此，洞裡的鐘乳石看起來都是灰白一片，沒有任何色彩。關蘇月在國內時去過桂林的七星巖，蘆笛巖，還到過張家界的黃龍洞，裡面五顏六色的燈光給溶洞裡的鐘乳石增添了奇光異彩，紅的如珊瑚，綠的如翡翠，黃的如琥珀，白的如羊脂。但斯達庫爾溶洞，卻缺少了這種神奇的燈光效果。

關蘇月問凱莉張去過中國嗎？凱莉張說去過一次，是五年前去的。關蘇月問她在中國去過哪些地方，凱莉張說去了北京，上海，揚州（凱莉張的母親是江蘇揚州人）。關蘇月說：「你沒有看見過中國的溶洞，裡面都是彩色燈光，五顏六色的光照在鐘乳石上那才好看呢，美得就像人間仙境。要是這裡的溶洞也裝上彩色燈光，那就好看了。」凱莉張聽得很是嚮往，對關蘇月說：「下次我去中國的話，我一定要媽咪帶我去看溶洞。」

格力維斯直銷中心擁有七十多家商店，根據商品的種類，直銷中心劃分為五個購物區。關蘇月在國內看見或者聽說過的美國名牌廠家，在這裡幾乎都開有分店，商品之多，種類之多，看得關蘇月眼花繚亂。關蘇月和凱莉張走馬觀花地逛了一圈，凱莉張買了一件外套，關蘇月卻一件東西都沒有買。關蘇月不是沒有看到她喜歡的東西，而是她不捨得買。在薩克斯第五大道（Saks Fifth Avenue）品牌服裝店，關蘇月看中了一件帶帽的黑色呢子短外套，式樣別致新穎。關蘇月穿在身上，非常合身，就像是為她量身定做的，但是，當她看到衣服上的標價，原價六百多美元，現在折價三百多美元，儘管已經是半價打折，她還是覺得太貴沒有捨得買。

食品廣場在一樓，是一個很大的室內環形廣場，面積足有兩個籃球場那麼大。廣場中間擺放著餐桌和椅子，周圍一圈都是快餐店。關蘇月和凱莉張一家一家地看過去，有的店家還有免費食物品嚐。關蘇月最後買了一份中餐套餐，套餐分量很足，有肉，有雞蛋，有蔬菜，但吃起來味道卻很一般，和她在洛杉磯餐館吃的中餐簡直沒法比。儘管這樣，這也是關蘇月來迪奧里高中後吃的第一頓中餐，她吃得很飽，把所有的菜都吃完了，只剩下了一些飯。吃完飯出來，已經是下午一點半，她們往停車場走去。關蘇月下午三點鐘有托福網課，她們在路上要開一個小時。

格力維斯直銷中心的停車場在外圍，呈環狀圍繞整個購物中心。她們經過一個十字路口時，紅燈亮了，兩人停下來等綠燈。一輛大型黑色ＳＵＶ開過來停在她們邊上，從敞開的車窗裡傳出很響的搖滾樂，坐在副駕駛的男孩把頭探出來，對她們大聲說：「嗨，Dude，要搭便車嗎？我們可以帶你們。」關蘇月正好站在ＳＵＶ旁邊，聽到說話聲，嚇了一跳，她向說話的男孩望過去，男孩十六七歲的樣子，車裡還有幾個腦袋在晃動，看樣子年齡都差不多大。

關蘇月從來沒有遇到過這種事情，她不敢搭話，轉過臉來看凱莉張，凱莉張聳聳肩，在她耳邊小聲說：「別理他們。」這時，坐在車後座的一個男孩把頭探出來，對她們喊，你們還磨蹭什麼，要搭便車就趕快上來，我們過時不候。車裡的人大聲笑起來。關蘇月心撲通撲通直跳，她不敢往車那邊望，眼睛只是直直地盯著前方的交通燈，心裡祈禱著交通燈快快變綠。

凱莉張嘴裡嚼著口香糖，她把關蘇月拉過來，和她調換了位置，現在，凱莉張站在了那輛ＳＵＶ旁邊。凱莉張嘴裡吹出一個大泡泡，又縮了回去，對著說話的男孩做了一個吐口香糖的動作，男孩的腦袋慌忙縮了回去，車裡爆發出一陣哄堂大笑。凱莉張對他們大聲說：「我們有車，不麻煩你們了。」

這時，十字路口的綠燈亮了，關蘇月和凱莉張橫過馬路，ＳＵＶ從她們身邊「嗖」的一下駛過去，從車裡傳出一陣響亮的口哨聲。關蘇月看著遠去的ＳＵＶ，心有餘悸地對凱莉張說：「剛才嚇死我了，你好像一點都不害怕。」凱莉張聳聳肩說：「大庭廣眾之下，我怕什麼，對這種小混混，你就不能怕，你越怕，他們越欺負你。」

十六、網購達人梅蘭妮

關蘇月上完體育課後，又去一個模擬法庭旁聽了一會，回到宿舍時，見梅蘭妮披了一塊帶彩色圖案的披肩，正在穿衣鏡前比劃著，她看了一眼關蘇月，洩氣地把披肩從肩上拿下來，一把扔在了床上，一屁股坐下來，抱怨說：「快遞又給我送來一堆垃圾，沒有一件是我喜歡的，真沒勁。」關蘇月朝梅蘭妮丟在床上的那堆垃圾看了看，都是衣服圍巾之類的東西，外加一個剪開了口的塑料包裝袋。

梅蘭妮坐在床上發了一陣牢騷後，開始收拾那堆垃圾，把它們一件件重新疊好，裝進塑料袋裡，用膠帶封好，又把隨垃圾一起寄來的免費退貨標籤貼在塑料袋上，提著塑料袋去郵局把她買的垃圾退回給商家。

梅蘭妮熱衷於網購。梅蘭妮網購的時間通常在晚自習結束以後。學校規定晚上十一點鐘斷網，九年級，十年級住宿生晚上睡覺前要把手機交到活動室統一保管。但這一點也難不倒梅蘭妮，她有手提電腦，也不用學校的網。梅蘭妮身上穿的衣服，用的化妝品，幾乎全部都是在網上購買的，所以，梅蘭妮總能買到那些在關蘇月看來很莫名其妙的古里古怪的衣服。

梅蘭妮每個星期都會收到UPS公司的快遞，但這些快遞送來的東西十有八九又會被她退回去，不是式樣不對，就是顏色不滿意，上面的小裝飾不好看，不滿意的地方很多。

梅蘭妮也很能折騰，總是樂此不疲地買了退，退了買，反正商家退貨是無條件的，不需要給任何原因，而且連退貨郵寄都是免費的。

讓關蘇月弄不明白的是，那些賣東西的商家不知道是哪根筋搭錯了，寄出東西的同時，還會附上一張免費退貨標籤，上面有退貨指南，告訴買東西的顧客，如果你不滿意我們寄來的東西，想要退貨的話，你只需要把這張免費退貨標籤貼在郵包上，扔進郵筒裡就可以了，我們接到貨物後，會立即退錢給你。關蘇月覺得，這些商家哪裡是在賣東西，分明就是在鼓勵顧客退貨嘛，世上有這樣做賠本生意的嗎？

有一次，梅蘭妮收到一個快遞，裡面有兩條裙子，一條牛仔褲，兩件T恤，梅蘭妮試穿後，沒有一件她滿意的，她很不高興地一邊發著牢騷，一邊把衣服重新裝入包裝盒，貼上免費退貨標籤，打算退回給商家。關蘇月終於忍不住說：「蘭妮，如果每個顧客都像你這樣，買十件商品，又退回去九件，商家不但賣不出東西，還要賠上來回郵寄費，服務費，商家還賺得到錢嗎？不都得關門了？」梅蘭妮聳聳肩說：「蘇月，你也太天真了，商家才不會關門呢，服裝行業利潤大，只要賣出去一件，商家就不虧本了，如果商家不讓我免費退貨的話，我才不會買它們的衣服呢。」

梅蘭妮是個孤兒，她對關蘇月講過自己不幸的身世。她十歲那年，一場殘忍的車禍奪去了她的父母和小她四歲的弟弟的生命，她一下子變成了孤兒，後來她叔叔收養了她，當地一個慈善機構為這個不幸的小女孩募捐，用捐助來的錢為她建立了一個教育基金會，為她提供未來上學的費用。讀完初中，梅蘭妮再也不願意住在叔叔家，堅決要求去外州讀私立高中，基金會滿足了她的要求，答應支付她在寄宿學校的全部費用。就這樣，梅蘭妮如願以償地進入了迪奧里高中。

梅蘭妮告訴關蘇月她的身世的時候，正坐在椅子上剃腿毛，手裡拿著一把藍色的脫毛刀。梅蘭妮說話的語氣平淡不帶表情，好像不是在說她自已。關蘇月卻聽得很傷心，眼淚都出來了，她不想讓梅蘭妮看見，偷偷把淚水擦掉了。

梅蘭妮說話時沒有留神，脫毛刀在腿上割了一個口子，血立即滲了出來，像一隻小小的紅色甲殼蟲在慢慢變大。關蘇月趕忙從抽屜裡找到一塊創可貼給梅蘭妮，要她貼在傷口上。關蘇月對梅蘭妮三天兩頭就剃腿毛感到不解，問她，蘭妮，美國女生都剃腿毛嗎？

梅蘭妮說：「嗯，我們女生都剃腿毛。」

關蘇月又問：「你們為什麼要剃腿毛呢？」

梅蘭妮似乎被她問住了，眼珠向上翻，想了一會才回答，我也不知道，反正大家都剃腿毛，我想也許是剃了腿毛，顯得乾淨清爽的原因吧。

關蘇月說：「那為什麼男生不剃，只有女生剃呢？」

梅蘭妮咯咯笑起來，仿佛關蘇月問了一個很奇怪的問題，蘇月，你真逗，男人剃了腿毛還是男人嗎？

關蘇月解釋說：「我不是說男生也要剃腿毛，我的意思是，如果剃腿毛僅僅是為了乾淨清爽，那應該男女都一樣呀，為什麼只有女生才剃腿毛呢？」

梅蘭妮抬起頭來，蘇月，看不出你還是一個女權主義者。

關蘇月說：「我才不是呢，我就是覺得剃腿毛很麻煩，而且還容易劃破皮膚，美國不是講男女平等嗎，為什麼在這件事情上就不講男女平等了？」

梅蘭妮沒有回答關蘇月的關於男女平等問題，而是問她，蘇月，難道你們中國女生不剃腿毛嗎？

關蘇月說：「我們不剃。」

真的，梅蘭妮似乎不相信，說：「你們中國女生不剃腿毛？你們腿上不長毛髮？」

關蘇月把褲腳拉上去，伸出小腿給梅蘭妮看，梅蘭妮一看，哇地叫了起來，我的上帝，蘇月，你的腿上真的沒有什麼毛，你們中國女生真是太幸福了，不要剃腿毛，我好嫉妒你們！

關蘇月被梅蘭妮誇張的表情逗得笑起來，說：「蘭妮，其實中國女生也有腿毛多的，不過我們都不剃腿毛。」

十七、數學教師找她談話

泰安娜小姐站在教室門口，手裡端著一個棕色咖啡杯，杯裡的咖啡冒著裊裊熱氣，這是她上午上課前的標準姿勢。泰安娜小姐三十多歲，齊耳根的褐色短髮，臉很白淨，有一對狹長的眼睛，戴一副黑框架眼鏡。泰安娜小姐上課很嚴厲，規定上課時不能交頭接耳，不能發短信，如果發現哪個同學開小差不認真聽課，她會突然喊那個同學回答問題，有時還會用扔粉筆頭的方式來表示她的不滿。但泰安娜小姐的課講得很好，很會啟發學生思考問題，數學課教得生動不死板，所以學生們普遍對她的評價不錯。

泰安娜小姐看見關蘇月，叫住她，蘇月，今天下午下課後你到我教室來一下，我有事要對你說。關蘇月點頭說好，心裡不由得納悶，泰安娜小姐找自己會有什麼事呢？關蘇月的數學一直很好，數學測驗幾乎都是滿分，平時作業也都按時交，上課舉手和主動回答問題雖然算不上很積極，但還是說得過去。關蘇月把泰安娜小姐有可能找自己談話的原因想了一個遍，還是想不出個所以然來，便不想了，提醒自己下午不要把這事忘了。

下午上完課，關蘇月來到數學教室，泰安娜小姐一個人在教室裡，正在批改學生作業本。泰安娜小姐看見關蘇月進來，滿面笑容站起來和她握手，拉過一把椅子要她坐下。關蘇月被泰安娜小姐的熱情舉動弄得有些不知所措，她坐下來後，發現自己只有半個屁股坐在椅子上，於是又往前挪了挪。

泰安娜小姐開始問了幾句關蘇月住校的情況，生活是不是習慣，週末是怎麼度過的？關蘇月拘謹地一一做了回答。然後，泰安娜小姐開始表揚關蘇月，說：「蘇月，你學習很努力，遇到問題也善於動腦子思考，有一股子不弄明白不罷休的勁頭，這是非常好的學習態度，我很欣賞你這種學習態度。」關蘇月還是第一次聽到泰安娜小姐表揚自己，有些受寵若驚，又有些不好意思，眼睛都不知道往哪裡看才好。泰安娜小姐捋捋頭髮，把黑框架眼鏡往鼻梁上抬了抬，這才進入主題，蘇月，我找你來是想和你說一件事，班上有個別同學的數學需要輔導，你數學好，是理想的人選，我想徵求一下你的意見，你是不是願意輔導這個同學的數學？

關蘇月沒有想到泰安娜小姐找她來是要她輔導班上某個學生的數學，她有些猶豫，關蘇月不是不願意輔導學習差的同學，而是自已根本就不知道怎麼輔導，而且她敢肯定她要輔導的學生是一個外國學生，因為她所在的數學班一共只有兩個中國學生，那個中國學生數學也很不錯，根本不需要她的輔導，而輔導外國學生，關蘇月就更加沒有底了，她怕自已做不好，達不到要求，辜負了泰安娜小姐的期望。關蘇月看著泰安娜小姐，吞吞吐吐地說：「我……我不知道自已行不行？」

泰安娜小姐看著關蘇月的眼睛，毫不猶豫地說：「蘇月，你肯定能行，我相信你一定會做得很好！如果你在輔導中有什麼困難的話，隨時可以來找我，我們一起想辦法解決。」我只需要你回答我，你願不願意做這件事，如果你需要時間考慮的話，你現在可以不回答，想好了，你明天答覆我。

泰安娜小姐的信任給了關蘇月很大的勇氣，既然泰安娜小姐相信自己能做好，還答應有困難的話會幫助她，關蘇月覺得心裡踏實了很多，她鼓起勇氣對泰安娜小姐說：「我願意。」

泰安娜小姐頓時喜笑顏開，她高興地拍了拍關蘇月的肩膀說：「太好了，蘇月，我就知道你會願意的。我們每個人都有需要別人幫助的時候，樂意助人是一種值得推廣的美德，我謝謝你。」

十八、梅蘭妮受到校園欺凌

關蘇月回到宿舍，看見梅蘭妮躺在床上，兩手枕在腦後，眼睛呆呆地望著頂上的天花板，一雙眉頭緊皺著，一副心事重重的樣子，聽到關蘇月進來的腳步聲，她也沒有任何反應，就是那麼呆呆地看著天花板。

關蘇月問她，蘭妮，你今天怎麼啦？

梅蘭妮沒有說話，關蘇月看見她眼睛裡含著淚水，走過去坐在她床邊，拍了拍她的手說：「蘭妮，你說話呀，告訴我到底發生了什麼事？你這樣子會把人急死。」

梅蘭妮用手背抹去眼裡的淚水，猛的坐了起來，氣呼呼地說：「今天有人把狗屎塞到我的存物櫃裡，Damn it，你說哪個混蛋會做這種缺德的事。」

關蘇月有些震驚，想想，問她，蘭妮，你會不會得罪什麼人了？

梅蘭妮忿忿地說：「我能得罪什麼人？但總有一些人看我不順眼，我招誰惹誰了？」

梅蘭妮說著，眼圈又紅了。

關蘇月心裡咯噔了一下，這不是校園欺凌嗎？她過去在國內就聽說過美國有校園欺凌，想不到這種事現在就發生在室友梅蘭妮身上。她問梅蘭妮，你知道這是誰幹的嗎？

我哪裡知道，我要是知道，我非把她的嘴巴撕爛，把她的頭髮揪下來不可。梅蘭妮咬牙切齒地說，大滴的眼淚從她眼裡流出來，她抓過桌子上的紙巾盒，從裡面拿出紙巾擦眼淚，說：「我不能哭，我今天沒有塗防水睫毛膏。」梅蘭妮的話叫關蘇月哭笑不得，都什麼時候了，梅蘭妮還有心思關心她的眼睫毛。

關蘇月問梅蘭妮，蘭妮，你打算怎麼辦？把這件事報告給指導老師？

梅蘭妮搖頭，不，不，我不會告訴指導老師的。

關蘇月不解，你為什麼不告訴指導老師？指導老師可以幫助你，找出那個欺負你的人，好好教育他。

梅蘭妮仍然搖頭，情緒低落地說：「沒有用的，告訴指導老師又能怎麼樣？什麼都改變不了，傳出去只會讓大家笑話我的。」聽梅蘭妮的口氣，她好像不是第一次受到校園欺凌。

關蘇月問：「你以前也遇到過這種事？」

梅蘭妮沒有說話，臉色更加陰沈了。梅蘭妮的沈默無疑就是默認了，關蘇月幾乎可以肯定，梅蘭妮以前也受到過校園欺凌。關蘇月感到更加憤怒，為室友感到不平，她對梅蘭妮說：「你不想報告指導老師，我去報告，不能讓這些欺負人的家夥逍遙法外。」關蘇月說著，起身往門外走去。

梅蘭妮看見關蘇月真的要去報告指導老師，著急了，衝上一步攔住關蘇月，說：「蘇月，你不能去，我不會讓你去。」

關蘇月停住腳步，看著梅蘭妮，說：「我為什麼不能去，有人欺負你，往你的存物櫃放狗屎，還不是第一次，我就是要去報告指導老師，指導老師肯定有辦法對付那個欺負你的家夥，今後他就再也不敢欺負你了。」

梅蘭妮連連搖頭，說：「蘇月，你不懂，告訴老師也沒有用，即便指導老師知道是誰做的，也只是警告他們，最多停他們幾天課，以後他們還會想別的辦法來報復我，同學們也會嘲笑我，看不起我。」

關蘇月駭然，你說的都是真的嗎？

梅蘭妮神情黯然，默默點了點頭。

關蘇月說：「怎麼會是這樣呢？」

梅蘭妮說：「就是這樣子的，誰也改變不了，我求你了，不要去報告指導老師，如果你不想讓我更加倒楣的話。梅蘭妮的話都說到這個份上了，關蘇月還能怎麼樣？」關蘇月悻悻地回身，一屁股坐在椅子上，雙手捧住了腮幫子。

梅蘭妮從書包裡拿出一個食品袋，帶著討好的語氣，問關蘇月，你吃甜甜圈嗎？

關蘇月不看她，沒好氣地說：「我不吃。」

梅蘭妮從食品袋裡拿出一個甜甜圈，狠狠咬了一口，氣衝衝的樣了，好像她和甜甜圈有仇似的。梅蘭妮是在用這種方式來發洩她心中的憤怒和委屈。

十九、後進學生原來是費迪南

學校存物櫃區是按年級劃分的，高四在A區，高三在B區，高二在C區，高一在D區。A區和B區在二樓，C區和D區在一樓。關蘇月去存物櫃拿書時，看見費迪南站在D區入口處。他雙手插在口袋裡，無所事事地東張西望，關蘇月也沒有在意，以為費迪南在等什麼人。不料費迪南看見關蘇月，一絲笑容浮上了嘴角，向她走過來，熱情地和她打招呼。

關蘇月回應著，心裡奇怪，難道費迪南是在等我？

費迪南走到關蘇月面前，笑容滿面地說：「泰安娜小姐告訴我，你已經同意輔導我的數學了，我向你表示最真誠的感謝。」

關蘇月的眼睛眨巴幾下，又眨巴幾下，一時沒有反應過來，等她反應過來後，一下子呆住了，關蘇月壓根兒沒有想到，泰安娜小姐說的那個需要數學輔導的學生居然是費迪南。

費迪南沒有注意到關蘇月表情的變化，接著說：「蘇月，你什麼時候有空的話，我想和你商量一下輔導時間。」

關蘇月根本沒有聽費迪南在說什麼，她滿腦子想的是，怎麼會是費迪南呢，一定是什麼地方弄錯了，她得先去問問泰安娜小姐是怎麼回事，把事情弄清楚後再說。關蘇月眨了一下眼睛，對費迪南說：「我現在要去上課，有什麼事明天再說」，明天數學課後我們再說這事，你說好嗎？

費迪南說：「沒問題，我們明天見。」

關蘇月望著費迪南離去的背影，足足有五秒鐘沒有動，一個女生走過來，伸出手在關蘇月前面晃了晃，說：「蘇月，你在想什麼呢，魂兒沒有掉吧？關蘇月這才回過神來，急忙去存物櫃取了書，往教室走去。」

這一節課是歷史課，在所有的課目中，關蘇月最喜歡的是歷史課，這並不是說，關蘇月對歷史很感興趣，她對歷史其實一點都不感興趣，但她喜歡聽皮特先生講課。皮特老師講起歷史來特別生動，風趣，讓你覺得有一種身臨其境的感覺。關蘇月覺得聽皮特先生講課是一種享受。

但皮特先生的這節歷史課，關蘇月根本沒有聽進去，她腦子裡想的是昨天下午和泰安娜小姐的談話。泰安娜小姐並沒有告訴她需要輔導的學生的名字，她也沒有想過要問名字，因為，她覺得這個學生是誰並不重要。但她怎麼也沒有想到，這個學生居然是費迪南。費迪南數學成績不好需要輔導嗎？關蘇月好像沒有這個印象。費迪南在課堂上不管是問問題，還是回答問題都還是不錯的，當然這也只是在課堂上的印象，泰安娜小姐從來不公布學生的考試成績，同學們之間也不互相打聽，關蘇月基本上不知道和她一個數學班的同學哪個成績好，哪個成績不好。

歷史課是上午最後一節課，下課鈴一響，關蘇月第一個衝出教室，她急著要去數學教室見泰安娜小姐，把這件事情弄清楚。在美國，小學中學的老師都沒有教師辦公室，老師們的辦公室就是他們教學的教室，而學生則沒有固定的教室，上不同的課要去不同的教室，這一點和中國學校不同。關蘇月來到數學教室時，泰安娜小姐還沒有離開，她正在給一個學生講解題方法。學生的臉對著門口，聽完泰安娜小姐的講解後，學生離開了，泰安娜小姐轉過身來，看見關蘇月站在門口，招呼她進來，問：「蘇月，你有什麼事嗎？」

關蘇月說：「泰安娜小姐，我想問一下，昨天你說的那個需要輔導的學生叫什麼名字？」

泰安娜小姐說：「他叫費迪南．安迪。」

原來並沒有弄錯。關蘇月遲疑了一下，說：「班上數學好的同學很多，我覺得還是選別的同學更合適一些。」

泰安娜小姐的目光在關蘇月的臉上停留了一會，說：「哦，你認為哪個同學更合適？」

關蘇月被泰安娜小姐問住了，答不出來，她低下頭，小聲嘀咕道，反正有比我更合適的同學。

泰安娜小姐說：「蘇月，我看得出來你有顧慮，說說你有什麼顧慮？」

關蘇月臉漲紅了，連忙否認，不是的，我沒有什麼顧慮，我只是覺得我不是一個合適的人選。

泰安娜小姐臉上掠過一絲意味深長的微笑，說：「蘇月，你想聽聽安迪先生是怎麼對我說的嗎？」

關蘇月看著泰安娜小姐，他怎麼說？

泰安娜小姐慢悠悠地說：「安迪先生說：他希望關小姐做他的數學輔導員。」

關蘇月頓時愣住了……

從泰安娜小姐的教室出來，關蘇月還在想，費迪南怎麼會對泰安娜小姐提出要她來做他的數學輔導員呢，這真是太叫人不可思議了。她想起自己和費迪南僅有的兩次交往，一次是在白雪皚皚的小廣場，她因為不認識足球鞋，在費迪南面前出了洋相，還有一次就是在凱莉張家的生日聚會上，他們在過道上碰見，說了幾句話。除此之外，他們之間再也沒有來往過。關蘇月想來想去，唯一能夠解釋的就是，費迪南認為自己是班上數學成績最好的學生，所以才提出要她來輔導他的數學，一定是這樣的。這麼一想，關蘇月就覺得有幾分欣慰，還有幾分自豪，畢竟，她要輔導的是一個校橄欖球隊明星。

第二天，關蘇月走進數學教室，她沒有像平時那樣，斜著穿過兩排課桌到她的座位，而是繞過前面的講臺，走靠牆的過道來到費迪南面前，問他，費迪南，你今天下午第七節課下課後有時間嗎？費迪南看看她，說有時間。關蘇月說：「我們今天第七節課下課後在學校圖書館門口見面，可以嗎？」費迪南說可以，他張開嘴，還想說什麼，這時，上課鈴聲響了。

學校圖書館是一棟單獨的平房，在教學樓後面，紅磚結構的建築物，頂上是一個玻璃圓頂蒼穹，有利於室內採光。圖書館前面的草地上，立著一個石拱門，拱門兩邊有弧形石凳，拱門裡有一個不銹鋼抽象雕塑，形狀看起來像一個欲展翅的飛鳥。

第七節課下課後，關蘇月來到圖書館門口，她沒有看見費迪南，以為他在圖書館裡面，伸手正要拉開門時，有人搶在她前面抓住了把手，她扭頭一看，是費迪南。費迪南對她做了一個鬼臉，說：「蘇月，我沒有遲到吧？」關蘇月笑笑，費迪南搶先拉開門，很紳士地對她做了一個請的手勢說：「女士優先。」

他們來到圖書館的閱覽區。閱覽區很大，幾乎占據了半個圖書館，裡面有木製桌椅，還有各種形狀的沙發，除了單人，三人沙發外，還有圓形的，半月形的落地式沙發。這個時候，閱覽區的學生不是很多。關蘇月指了指右邊一個角落，那裡有一個小圓桌和兩張沙發，說：「我們就坐在那裡吧？兩個人在沙發上坐下來。」

有那麼一會兒，兩個人都沒有說話，費迪南看著關蘇月，看樣子是等著她先說話。關蘇月很緊張，心怦怦直跳，儘管她在心裡對自已說：「你現在是費迪南的輔導老師，你是來給他補課的，你有什麼可緊張的，哪有老師怕學生的。」但她就是緊張，莫名其妙的緊張。關蘇月記得在哪本書上看到的，深呼吸有助於讓人鎮靜下來，她深深吸了一口氣，又吐出來，感覺好像平靜了一些。關蘇月拿出筆記本，清了清嗓子，對費迪南說：「安迪先生，我想和你商定一下數學輔導時間……」

費迪南突然笑起來，關蘇月的話嘎然而止，她望著費迪南，不知道他在笑什麼？費迪南止住笑，一本正經地說：「關小姐，我可以提個建議嗎？」

關蘇月說：「可以，你說。」費迪南的一笑一斂弄得她又緊張起來，不知道他葫蘆裡賣的什麼藥。

費迪南說：「我想說：我們是不是可以不要弄得這麼嚴肅，你叫我費迪南，我叫你蘇月，這樣聽起來比稱呼先生小姐要自然得多。」

關蘇月愣了愣，嘴巴呈半月形微微張開，費迪南笑出聲來，說：「蘇月，你能不能輕鬆一點呀，看你那緊張的樣子，是不是把我當成吃人的猛獸了？」

關蘇月的臉一陣發熱，尷尬地掩飾說：「我才沒有把你看成猛獸，你有那麼可怕嗎？」

費迪南的臉笑成了一朵向日葵，說：「你沒有那麼想就好，其實，我這個人還是很善良的，沒有你想的那麼壞。」

費迪南最後一句話讓關蘇月笑噴了，她一邊笑一邊想，費迪南，我得對你嚴格一點，到時也叫你也知道我的厲害。

緊張的氣氛在笑聲中徹底瓦解了。關蘇月和費迪南一起商定了數學輔導時間，每周星期六上午十點到十一點，地點就在學校的圖書館閱覽室。離開圖書館時，費迪南找關蘇月要了她的電話號碼，說有問題時可以向她請教。

二十、對早戀的看法

關蘇月把餐盤放到桌子上，在凱莉張對面坐下來。關蘇月的盤子裡是一隻炸雞腿，她一手拿著叉子，另一隻手拿著刀子，把雞腿肉切成拇指大小的塊狀，然後用叉子把雞塊放進嘴裡，閉著嘴巴不出聲地咀嚼。關蘇月吃雞腿的方法是跟著凱莉張學的，而凱莉張則是跟她父親學的。但很多美國學生吃炸雞腿時，都是用手抓著雞腿直接拿到嘴裡咬，弄得手指上都是油，然後又用舌頭把手指上的油舔乾淨，吃相一點都不文雅也不衛生。

凱莉張吃完飯，用餐巾紙擦了擦嘴，從錢包裡拿出一張照片，說：「蘇月，你不是想看我男朋友的照片嗎，我給你帶來了。」凱莉張的男朋友比凱莉張高三屆，雖然實際年齡只比凱莉張大兩歲，現在在一所大學讀書。關蘇月放下叉子，接過照片，仔細端詳起來。照片上是一個長得很帥氣的男生，濃密的淺棕色頭髮，一對上揚的劍眉，眼睛是綠色的，鼻子和嘴唇輪廓很分明，關蘇月看著照片覺得有些面熟，她想了想，覺得像費迪南，主要是鼻子和嘴巴很像。關蘇月把照片還給凱莉張，說：「你的男朋友好帥氣！」

凱莉張正要把照片放回錢包，關蘇月說：「我覺得你的男朋友像一個人。」

凱莉張的手停下來，看著關蘇月，像誰？

關蘇月說：「你不覺得你的男朋友有些像費迪南嗎？尤其是鼻子和嘴巴。」

凱莉張拿起照片認真看了看，叫起來，哇，你說得對，還真是有些像費迪南呢。

凱莉張把照片放回錢包，若有所思地看著關蘇月，說：「告訴你實話，我以前喜歡過費迪南。」

是嗎，關蘇月頗感意外地看著凱莉張，你和費迪南以前談過朋友？

凱莉張搖頭，說：「還沒有走到那一步，我動作慢了一步，費迪南被別人搶走了。」

關蘇月想起那天凱莉張告訴她的話，問：「你是指那個當選過返校日皇后的女生？」

凱莉張點點頭說：「就是她，她比我搶先了一步，那一段時間我真的很痛苦，不過現在一切都過去了。」凱莉張說，拿起叉子叉了一塊奶酪布丁放進嘴裡。

關蘇月突然想起那個啦啦隊隊長，她想問凱莉張，你們年級的啦啦隊長和費迪南的關係現在怎麼樣了？可話到嘴邊，又不想說了，反正也不關自己什麼事。

凱莉張若有所思地看看關蘇月，問她，蘇月，你在中國有男朋友嗎？

關蘇月嘴裡嚼著一塊雞腿肉，搖頭。

凱莉張問：「你過去沒有交過男朋友嗎？」

關蘇月又是搖頭，嚥下雞腿肉，說：「沒有。」

凱莉張又問：「你心裡有過喜歡的男生嗎？」

關蘇月嚥下一口唾液，說：「有過，不過也就是喜歡而已。」

凱莉張說：「聽我媽說，她在中國讀書時，學校規定中學生是不準談戀愛的，因為談戀愛會影響學習，是這樣的嗎？」

關蘇月點頭說：「是這樣的，我在中國讀書時，學校就是明文規定學生不許談戀愛。」

凱莉張問：「如果有中學生談戀愛怎麼辦？學校會怎麼處理？」

關蘇月想了想，說：「學校首先會告訴學生家長，讓家長教育學生，老師也會找學生談話，要他們不要這樣做。」

凱莉張問：「如果學生還是不聽，學校會開除他們嗎？」

關蘇月說：「好像不會開除，然後又搖搖頭說：「我也不知道，我們年級有一個女生，在校期間談戀愛了，學校和家長勸說無效後，女生最後轉到別的學校去了。」

凱莉張吐了吐舌頭，說：「美國的學校才不管你談不談戀愛呢。」

關蘇月問凱莉張，你談男朋友時，你父母支持你嗎？

凱麗張說：「我開始談男朋友時，我母親是反對的，但我父親支持，二比一，我媽是少數派，最後我母親妥協了。」

凱莉張的父親居然支持女兒早戀，這是關蘇月沒有想到的。她問凱莉張，你父親為什麼會支持你談男朋友？

凱莉張說：「我父親說交男朋友可以讓我學會怎樣和異性相處，讓我變得成熟起來。」

關蘇月沒有想到，凱莉張父親對孩子早戀的看法居然是這樣的，和中國父母的觀念真是太不一樣了。

二十一、準備參加全美數學競賽

數學課快下課的時候，泰安娜小姐在班上宣布了一個通知，說學校準備選送數學成績優秀的學生參加明年夏季的世界數學奧林匹克競賽。具體選送方法是這樣的，首先，參賽的學生要參加全美數學競賽（American Mathematics Competition），只有通過全美數學競賽的學生，才有資格參加接下來的美國數學邀請賽（American Invitational Mathematics Examination），只有通過美國數學邀請賽的學生才有資格進入美國數學奧林匹克集訓隊。

週末，關蘇月和母親電話通話時，她把這個消息告訴了母親。

母親在電話那頭很興奮地說：「月月，你在班上的數學成績很好，你的數學老師一定會推薦你去參加全美數學競賽的。」

關蘇月說：「泰安娜小姐才不推薦學生呢，她要我們自願報名。」泰安娜小姐說：「考試沒有名額限制，有興趣的同學都可以參加，她還說這是給我們每個人展示自己能力的一個好機會。我已經報名參加全美數學競賽了。」

母親問：「你說的這個全美數學競賽什麼時候舉行？」

關蘇月說：「泰安娜小姐說是明年二月份舉行。」

母親又問：「你們班上有多少同學報名了？」

關蘇月說：「好像所有的同學都報名參加了，同學們都很踴躍的，大家都想展示自已的能力。」

母親哦了一聲，囑咐說：「月月，你要好好做準備，爭取考出好成績，這對你將來轉校也是一個加分。」

母親的最後一句話讓關蘇月覺得有些不快，她拖長聲音答道，知道了。關蘇月很不喜歡母親只要一提到考試，就會和轉學校，考常春藤大學之類的話題扯到一起，覺得母親的目的性太強了，典型的實用主義者，她對這點非常不屑。但關蘇月不高興也不能怎麼樣，作為女兒，她只能聽著，把內心的不滿憋在心裡。

母親說：「離考試只有兩個多月了，你要抓緊時間復習，盡量多做些數學練習題。」

關蘇月皺起了眉頭，說：「復習什麼呀，我都不知道怎麼復習，泰安娜小姐沒有給我們復習資料。」

什麼，你的數學老師居然沒有給你們復習資料，母親在電話裡大驚小怪叫起來，這真是太不可思議了，全國數學競賽這麼重要的一個考試，怎麼可以沒有復習資料呢，你們的數學老師是怎麼當的？

關蘇月聽著母親抱怨，沒有作聲，雖然她也不理解為什麼泰安娜小姐沒有給他們復習題做，要是在國內的話，這樣重大的一個考試，肯定會有一大堆練習題在等著她去做，還會有課外輔導班，但在美國學校卻沒有。關蘇月覺得，沒有也是一件好事，反正大家都沒有，想起國內應付考試時的題海戰術，她仍然心有餘悸。

母親說：「你還是去問問你的數學老師，那個叫泰什麼的小姐，要她給你們發一些數學練習題做。」

關蘇月說：「我問過了，泰安娜小姐說我們自己學習就行了，她說：「考的都是我們已經學過了的東西。」

母親不滿地說：「你們老師真是太不負責了，哪裡有這樣對待學生考試的老師。」停了停，母親又說：「你問過班上其他同學了嗎，看他們有不有復習資料？」

關蘇月有些不耐煩了，說：「我問了，他們也沒有，他們好像都沒有把這個考試當回事。」

母親說：「我才不相信呢，哪有學生把考試不當回事的，那些同學肯定是不願意告訴你。」

關蘇月沒有說話，她覺得母親的話很可笑，什麼叫肯定不願意，母親太不了解她的美國同學了。

母親嘆了一口氣，替女兒出主意說：「月月，你去你們學校圖書館查一查，看能不能找到這方面的資料，你還可以上網去查，盡可能多了解一些與考試有關的信息，像考試範圍呀，考什麼類型的題目呀，要是能找到以前的考試題就好了，咱們不打無準備之戰，只有知己知彼，才能戰無不勝。」母親說起話來也是一套一套的。

關蘇月說：「好的，我會盡量去找。關蘇月也不想打無準備仗。」

二十二、認識數學奇才喬斯

關蘇月在圖書館找到了一本四年前的全美數學競賽試題和標準答案，這是一本有著紅色封面的平裝本。顯然，這本書已經被很多人讀過，書的下角都捲邊了。雖然是四年以前的老黃曆，但有總比沒有好。關蘇月查了一下，圖書館只有兩本，現在她借到了一本，心裡很高興，像撿到了一個寶貝似的，覺得來圖書館還是蠻有收獲的。

一個男生正在前臺辦理借書手續，關蘇月站在黃線後面等著。男生借完書，轉過身來，和關蘇月打了個照面，關蘇月認出了他，就是那天幫她打開存物櫃密碼鎖的男生。她主動和男生打招呼。男生顯然沒有認出關蘇月，只是禮貌地回應了一下。關蘇月見男生沒有認出她來，不由得有些失望，問他，你不記得我了，上次你幫我打開了存物櫃的密碼鎖。

關蘇月這麼一說，男生想起來了，他伸手摸了摸頭，有些不好意思地說了一聲抱歉，問關蘇月：「你存物櫃的密碼鎖以後沒有再出毛病吧？」

關蘇月笑著說：「沒有，我用你告訴我的方法開鎖，再也沒有出過問題，真是太謝謝你了。」

男生又摸摸頭，說：「那就好。」

關蘇月站在那裡，想不出再說什麼話好，一時，兩人都有些尷尬。男孩晃了一下手裡的書說：「回頭見。走了。」

關蘇月辦理借書手續時，圖書管理員要她在登記薄上簽名。關蘇月簽名時無意掃了一眼她前面的簽名，看見了喬斯．威爾遜幾個字，印刷體名字寫得好看，簽名更是漂亮，簡直可以用筆下生風，飄逸灑脫來形容。她再看前面其他學生的簽名，不是字跡潦草得認不出來，就是難看得像雞爪子刨過。關蘇月看見喬斯．威爾遜簽名時間，是在三分鐘以前，剛才，只有那個幫她開存物櫃的男生在這裡，她因此可以斷定，該男生就是喬斯．威爾遜。關蘇月記下了這個名字。

中午，關蘇月和凱莉張一起吃飯時，她問凱莉張，你認識一個叫喬斯．威爾遜的男生嗎？

凱莉張說：「認識，喬斯是我們年級的，你認識他？」

關蘇月說了那次她打不開存物櫃的密碼鎖，是喬斯．威爾遜幫他打開的。

凱莉張說：「喬斯是我們學校的才子，他的腦子特別聰明，不是一般的聰明，屬於超級聰明，超級學霸那種，我們叫他神童腦袋。」

關蘇月來了興趣，她盯著凱莉張問：「你說喬斯．威爾遜超級聰明，他究竟聰明在哪裡？」

凱莉張說：「這麼對你說吧，去年剛入學時，我和喬斯有三門課同班，數學，科學，英語，他上課時經常把老師問得一愣一愣的，老師有時候都答不上來，沒過多久，我在班上就見不著他了，他跳級了。」去年迪奧里高中有一個人通過了國家級的數學邀請賽和選拔賽，被邀請參加美國數學奧林匹克集訓，這是迪奧里高中有史以來的第一人，在學校引起了轟動，這個人就是喬斯。

關蘇月聽了有些震驚，問：「你是說喬斯今年將代表美國參加世界數學奧林匹克競賽？」

凱莉張搖頭，說：「喬斯沒有去參加美國數學奧林匹克集訓，他自己放棄了。」喬斯自己放棄了參加國際數學奧林匹克的機會，在關蘇月聽來覺得簡直有些不可思議，這是多少學子夢寐以求的機會，喬斯怎麼就放棄了呢，她很替喬斯惋惜，問凱莉張，喬斯為什麼不去參加奧林匹克集訓？

凱莉張聳聳肩說：「誰知道呢，聽說他是覺得奧林匹克集訓太枯燥，沒有什麼意思，所以不想去，他的數學老師也不鼓勵他去。」不過，喬斯這個人有點神秘，平時不太和人打交道，喜歡獨來獨往。

二十三、數學輔導原來是一場騙局

為了幫助費迪南的學習，關蘇月花了一個晚上為他制定了一個詳細的數學輔導計劃。泰安娜小姐每個星期都要對學生進行數學測驗，以了解學生對數學掌握的程度。她打算先看一下費迪南這個學期的數學測試題試卷。這樣可以針對他的薄弱環節進行輔導，做到有的放矢。關蘇月要費迪南這個週六來圖書館補習時，把最近兩個月的數學測驗試卷帶來給她看。

星期六上午，校園裡很安靜，沒有了平日的喧嘩。關蘇月來到圖書館時，費迪南已經在門口等著了。費迪南穿一件黑色體恤，外面一件短牛仔夾克，沒有扣扣子，撐出胸部鼓鼓的肌肉，他的肩上背著一個JANSPORT包。費迪南向關蘇月提議，蘇月，你看今天的天氣真好，我們在外面學習怎麼樣？

天氣確實很好！太陽在天上暖暖的照著，湛藍的天空像被水洗過一樣，遼闊深遠，靜謐安詳。關蘇月心裡莫名地生出一種感動。

兩人來到圖書館後面的草地上，草地中間兩棵樹上的葉子都已經掉光了，光溜溜的枝幹伸向天空，仿佛一隻隻裸露的手臂。草地邊上的幾棵松樹依然是枝繁葉茂，鬱鬱蔥蔥，給校園帶來一抹暖人的綠色。

他們在一張長條桌邊坐下來，兩人面對著面。關蘇月把手裡的文件夾放在桌子上，問費迪南，你把數學測試卷子帶來了嗎？我想先看一看。

費迪南聽了，有些遲疑，好像不太情願似的，他的手慢吞吞地伸過去拿起桌子上的JANSPORT包。關蘇月覺得費迪南今天怎麼啦，一下子變得磨磨蹭蹭了，這不像他平時的風格。但又一想，也許費迪南覺得自己考得不好，面子上有些過不去，不好意思把試卷給她看。於是，關蘇月解釋說：「我主要是想了解一下你的學習情況，看看哪些地方需要輔導。」關蘇月這樣解釋過之後，費迪南開始在包裡摸索著，但仍然遲遲沒有把試卷拿出來。關蘇月以為他是忘了帶試卷，說：「如果你忘了帶了，也沒有關係，下次帶來就行了。」關蘇月打開文件夾，從裡面拿出自己的一張試卷，她想讓費迪南先做幾道試題看看。

這時，費迪南卻從包裡拿出幾張打印紙，說：「我帶了試卷。」關蘇月從他手裡接過試卷，看第一頁時，她的臉上有一絲驚訝，她抬頭看了一眼費迪南，沒有說話，接著翻第二頁第三頁，關蘇月臉上的驚訝變成了困惑，她抬起頭對費迪南說：「你的數學測驗成績不錯呀，平均分數達到了B，我不明白，你為什麼還要我給你輔導數學課？」

費迪南咳嗽了一下，吞吞吐吐地說：「蘇月，對不起，我還是坦白對你說了吧，我向泰安娜小姐提出來要你輔導我的數學，那只是我的一個借口，我並不是真的需要你給我補習數學，我只是想有多一點的時間了解你，我知道，這是一個非常糟糕的主意，希望你能夠原諒我。」

難怪要費迪南把考試試卷拿出來那麼費勁，原來是這樣！關蘇月感覺自己被費迪南作弄了，氣得胸脯一起一伏，她猛地一下從凳子上站起來，說：「費迪南，你……你怎麼可以這樣做呢？」說著，一把抓過桌上的文件夾，頭也不回地走了。費迪南在後面叫她，蘇月，你等一等，你聽我說……

關蘇月沒有回宿舍，她去了學校練琴室。關蘇月關上琴室門的那一瞬間，眼淚流出來了。費迪南怎麼可以這樣做呢？簡直是太欺負人了！他以為他是誰？富二代，還是官二代？隨即意識到這兩個名詞在這裡用錯了，這是在美國，不是在中國。哼，他費迪南不就是個足球明星嗎？足球明星有什麼了不起的，他憑什麼欺負人？關蘇月氣衝衝地把她為費迪南做的輔導計劃從文件夾裡拿出來，幾下撕成碎片，扔進字紙簍，然後一屁股坐在沙發上，她想起幾天前和泰安娜小姐的談話，心裡更加生氣，費迪南不僅欺騙了她，也欺騙了泰安娜小姐！

手機「滴」了一聲，有短信進來，關蘇月沒有理睬，她現在不想和任何人說話，也不願意任何人來打攪她，她只想一個人靜靜地待著。費迪南說：「他這樣做的目的是為了有機會和她多接觸，什麼狗屁邏輯！他以為用欺騙的手段就能達到他的目的了，他的自我感覺也太好了吧。」

過了一會，關蘇月平靜了一些，她把費迪南的話又想了一遍，因為沒有那麼情緒化了，看問題也就換了一個角度。費迪南說他想了解她，他幹嘛想了解她，她有什麼特別的地方值得他注意嗎？好像沒有。也許，費迪南想了解她，只是因為她來自中國，他想去中國旅遊，所以想從她那裡多了解一點中國。可是即便這樣，他也不能出這種餿主意，更何況還把泰安娜小姐也騙了。

手機「滴」的又響了一下，又有一條短信進來。關蘇月拿起手機，見是費迪南來的一條短信，前面那條短信也是費迪南來的。她首先看第一條短信，上面寫著，蘇月，你沒事吧？我知道你在生我的氣，非常對不起，在此誠懇向你道歉。她鼻子裡哼了一聲接著看第二條短信，第二條短信寫得長一些，蘇月，你不回我的短信，說明你還沒有原諒我，還在生我的氣。我想解釋一下，我對你的印象很好，想多了解你一點，但你總是愛理不理的，所以我就想了這個辦法，我並不想欺騙你，只是用了一個不太高明的辦法，希望得到你的原諒。最後的落款是，一個請求寬恕的人。

關蘇月本來還在生氣，看到最後落款時，噗嗤一聲笑出了聲，她的笑聲在小小的練琴室裡回蕩，格外的響亮，關蘇月被自己的笑聲嚇了一跳。關蘇月把費迪南的短信又看了一遍，她沒有回他的短信，把手機扔在沙發上，起身在鋼琴前坐下來，打開琴蓋，凝神想了一下，彈起保羅·塞內維爾的《秋日私語》來。

二十四、費迪南請吃飯

關蘇月走進數學教室時，費迪南正好抬起頭來，兩人的視覺相遇了，就在視覺相遇的那一瞬間，關蘇月居然對費迪南笑了笑，笑過之後便馬上後悔了，她怎麼能夠對費迪南笑呢，她還沒有完全原諒他呢，但費迪南已經看到了她的笑容，並立即回了她一個笑臉，他的臉上有一種如釋重負的表情。

中午吃飯時，關蘇月去餐廳拿了午餐，端著餐盤，來到餐廳外面的草地上。

太陽把草地曬得暖洋洋的，陣陣微風撲面，仿佛是輕柔的羽毛在臉上拂過。在這漫長的冬季裡，只要天氣一放晴，中午吃飯的時候，很多學生都會來到室外的草地上，享受大自然的恩澤。一些學生坐在草地上吃飯，也有人躺在草地上，戴著耳機，閉著眼睛聽音樂，還有人在草地上跑來跑去玩飛盤。關蘇月找了一個安靜的地方坐下來，她雙腿並攏向前伸直，把餐盤放在腿上，一邊吃午飯，一邊看手機。

一團影子飄過來，停在關蘇月的面前，關蘇月抬起頭，見是費迪南。費迪南手裡拿著一個三明治和一瓶水，一抹淺淺的笑容浮在嘴角，問：「蘇月，我可以坐在這裡嗎？」關蘇月眨了眨眼睛，可以。費迪南在關蘇月對面坐下，雙腿彎曲盤坐在草地上。

費迪南問：「你收到我的短信了吧？」

關蘇月嘴裡嚼著牛肉咖哩飯，慢慢地嚼，把飯嚥了下去才說話，她沒有回答費迪南的話，而是反問他，如果我不找你要數學測試題目的話，你還打算瞞我多久？

費迪南一臉無辜的樣子，說：「我本來就沒有想要瞞著你，我只是想找一個合適的機會向你解釋，沒有想到第一次上輔導課就被你發現了。」

關蘇月沒有好氣地說：「你還騙了泰安娜小姐，我看到時你怎麼向泰安娜小姐解釋？」

費迪南這時像一個洩了氣的皮球，聲音低了下來，蘇月，拜托你千萬不要告訴泰安娜小姐，要是讓泰安娜小姐知道了，我肯定會遇到麻煩。

費迪南居然也有害怕的時候，關蘇月心裡有一種報復者的快意，她都想咧開嘴笑了，但她還是作出一本正經的樣子，說：「如果泰安娜小姐問起我關於輔導你數學的事，你不會也要我也對泰安娜小姐撒謊吧？」

費迪南趕緊說：「我當然不會要你撒謊，他凝神想了想說：「如果泰安娜小姐問起來，你就說，安迪先生的數學已經不需要我輔導了」，對，你就這麼對她說，這不是說謊，實際情況就是這樣的。

關蘇月聽了，沒有說話，如果泰安娜小姐真的問起來，她也只能這樣說了。

費迪南吃完最後一口三明治，用面巾紙擦了擦嘴，說：「蘇月，你這個星期六上午有時間嗎？」

你找我有什麼事？關蘇月警覺起來，眼睛瞪著費迪南。

費迪南無可奈何地笑了笑，說：「蘇月，拜托你不要用這種眼光看我好不好，我不會綁架你的，我的意思是，如果你星期六有時間的話，我請你出去吃中飯，以此表達我對你的歉意。」

關蘇月說：「我接受你的道歉，但請我吃飯就沒有必要了。」

費迪南說：「我覺得有必要，我只是想表示一下我的誠意，如果你不願意給我這個機會，我只能認為你還沒有原諒我。」

聽費迪南這麼說，關蘇月就不好意思再拒絕了，她心裡給自已找了一個理由，費迪南騙了她，本來就欠她的，吃頓飯算不了什麼，不吃白不吃。

星期六上午，費迪南開了一輛黑色寶馬SUV來學校接關蘇月。關蘇月從來沒有坐過這種豪華車，站在那裡有些發傻。費迪南走過去為她打開車門，見她還站著不動，提醒她，蘇月，還站在那裡做什麼？你坐進去呀。關蘇月這才回過神來，彎腰坐了進去。費迪南為她關上車門。

寶馬SUV車裡面空間超級大，褐色的皮座椅寬大柔軟，關蘇月坐在上面，感覺整個人都陷下去了。她問費迪南，這是你的車？費迪南聳聳肩說：「這是我父親的車，我只有在週末才能開他的車。」

車開動了。坐在車裡，關蘇月一點都感覺不到車的噪音和顛簸，就像坐在一艘遊輪裡那樣平穩舒適。關蘇月想，到底是高級車，坐在車裡面的感覺就是不一樣。

寶馬車開進普羅多納市中心，在一家餐館的停車場停下來，費迪南停車熄火下車，從前面繞過來，要給關蘇月打開車門，但關蘇月卻搶在費迪南到達之前打開車門，下了車，她還不習慣讓別人為她打開車門。

這個餐館叫Angelini Ristorante，是一家義大利餐館，室內燈光柔和幽暗，牆上掛著古老的油畫，頂上是老式厚重的吊燈，地面鋪著錯落相間的深色木地板，進門左邊有一個深咖啡色吧臺，靠牆立著一排暗紅色酒櫃，裡面擺著各種各樣的酒。關蘇月問費迪南，這家義大利餐館一定很貴吧？話一出口她就後悔了，這句話問得太沒水平了，人家都開著寶馬SUV來了，你還在想著替人家省錢。但是說出去的話就像潑出去的水，想收也收不回來了。關蘇月在心裡告誡自已，你已經長大了，說話之前要想一想，不要不過腦子就隨口而出。費迪南似乎沒有介意，他笑笑說：「這裡不算是很貴的，不過這家義大利餐館的味道好，服務好。」

穿著白襯衣打著領結的服務生領著費迪南和關蘇月在一張四方桌邊坐下。很快，一個服務生送來一個精緻的藤製小筐，裡面有幾片烤得焦黃的新鮮麵包，接著又端來一小碟橄欖油。服務生把兩本精緻的黑色鍍金邊的菜單分別放在他們面前，問他們要什麼飲料？費迪南說來一杯水，關蘇月也說來一杯水。服務生走後，關蘇月拿起菜單看，見上面都是義大利菜名，菜名看起來稀奇古怪，她既不認得也不會讀，好在每個菜品後面都有英文描述，介紹裡面有哪些食材，包括蔬菜，肉類，海鮮，以及各種醬汁調味品，都一一列了出來。關蘇月翻到第二頁，看見上面的菜品配有彩圖，她索性就找有彩圖的菜看了。一份義大利式辣椒蛤蜊燴飯吸引了關蘇月的眼球，那誘人的圖片讓人垂涎欲滴。關蘇月看後面列出的食材，裡面有蛤蜊，鮮蝦，蘑菇，大蒜，歐芹，橄欖油等，她再看下面的價格，二十五美元，心算折合成人民幣，覺得也不便宜。關蘇月又看了看菜單上其他菜品，差不多都是這個價格。於是，關蘇月點了意式辣椒蛤蜊燴飯，服務生記下來後，問關蘇月還要點別的什麼？關蘇月說不要了。費迪南點了義大利牛排，另外還點了一個開胃品，大蒜麵包。

最先上來的是大蒜麵包，烤得金黃色的麵包片上面是西紅柿，綠蔬菜，淋上乳白色的調味汁，像一個個小寶塔，非常好看。費迪南說：「這是很受歡迎的一道義大利開胃菜。」關蘇月夾了一個放在嘴裡品嚐，覺得酥軟爽口，確實很好吃。

費迪南說：「這家義大利餐館在附近幾個市鎮都有名氣，很多人慕名而來，廚師是義大利人，得過美國年度最佳廚師獎，我們要是晚上來這裡吃飯的話，還得提前三天預訂才行。」

服務生把兩杯冰水放在他們面前，透明的方口玻璃杯，底部三分之一是冰塊，杯口邊緣夾著一片金黃色的檸檬，由於檸檬和冰塊互相襯托的緣故，杯子裡的水變得格外晶瑩剔透。

費迪南放在餐桌上的手機響了，他拿起手機看了看，眉頭微微皺了皺，站起來對關蘇月說：「對不起，我接一個電話。」費迪南離開後，關蘇月用吸管慢慢喝著水，心裡在想，這會是誰來的電話，是啦啦隊長嗎？她聽人說：「費迪南和啦啦隊長正在約會，啦啦隊長知道費迪南今天請她吃午餐嗎？」如果知道的話，她會是什麼樣的反應？她想起那次在凱麗張家的生日聚會上，啦啦隊長那雙充滿挑釁的丹鳳眼，哈，啦啦隊長一定會吃醋的。

費迪南很快就回來了，關蘇月注意看了看費迪南的表情，沒有看出有什麼變化。義式辣椒蛤蜊燴飯裝在晶瑩剔透的橢圓形瓷盤中，看起來就像一件精美的藝術品，關蘇月有些不忍下手，她拿了杓子從周邊小心翼翼地舀著。海鮮的奶油味很濃，帶一點點酸味，一點點甜味，和她在國內吃的海鮮味道不一樣，應該說：「義大利餐館的海鮮更接近原汁原味。」

費迪南問關蘇月，你覺得味道怎麼樣？關蘇月點頭說：「很好吃。」他們吃完後，費迪南還要點甜點，關蘇月說：「我已經吃飽了，你不要給我點。」費迪南見關蘇月不要，也沒有點了，把服務生叫過來把帳結了。

關蘇月說：「費迪南，謝謝你請我吃飯。」

費迪南說：「我還得謝你呢。」

關蘇月問：「你謝我什麼？」

費迪南說：「謝你答應做我的數學輔導老師，也謝你接受我的邀請來吃飯。」

關蘇月笑，從現在起，我們誰也不欠誰的了。

費迪南也笑，說：「很對，我們誰也不欠誰的了」，停了停，他又說：「蘇月，我喜歡你的坦率和幽默，你很可愛。」

關蘇月的臉紅了，她不習慣這樣的誇獎，但也不知道該怎麼回答，只好用了一句慣常語，謝謝你這麼說。（Thank you, that's very kind of you.）

他們走出餐館時，費迪南突然拉住了關蘇月的一隻手，關蘇月心裡一驚，她長這麼大，還是第一次被男生拉著手，她想抽出自己的手，但費迪南抓得很緊，直到他們來到寶馬車邊，費迪南才鬆了手。

一路上，關蘇月心都在怦怦跳，兩個人都沒有說話，車裡的氣氛顯得有些沈悶。終於到學校了，關蘇月如釋重負地鬆了口氣，對費迪南說了一聲謝謝，逃也似地下了車。

關蘇月回到宿舍，梅蘭妮問她，蘇月，你今天上午去哪兒了，沒有看見你回來吃午飯？關蘇月含含糊糊地說：「和朋友出去有事，在外面吃過午飯了。」

關蘇月覺得有些累，好像剛才不是和費迪南出去吃了一頓飯，而是和他出去爬了一座山。她一頭倒在床上，閉上了眼睛，感覺手心裡還留有費迪南的餘熱。關蘇月迷迷糊糊地想，費迪南怎麼會拉她的手？什麼意思？他不是有了女朋友嗎……一陣睏意襲來，關蘇月睡著了。

二十五、費迪南喜歡她？

蘇月，你星期六上午出去了？凱莉張坐在餐桌對面，她在用刀子熟練地切著盤子裡的雞胸肉。

關蘇月咬了一口墨西哥捲餅，嘴裡塞滿了食物，說：「嗯，出去了。」

凱莉張抬頭看關蘇月，笑得有些詭異，你星期六上午和誰出去了？

關蘇月一愣，停止了咀嚼，她問凱莉張，你——你都聽到了什麼？心裡想，費迪南請她吃飯這件事，她誰都沒有告訴過，看凱莉張的神情，她好像知道了，真是怪事，她是怎麼知道的？

凱莉張對她擠了擠眼睛，一副我都知道了你瞞不了我的表情，說：「你別管我聽到了什麼，你星期六和誰出去了？」

關蘇月暗自驚訝，這消息也傳得太快了吧，不過，她也沒有想要瞞著凱莉張，說：「費迪南請我出去吃中飯了，他說感謝我答應做他的數學輔導老師。」

凱莉張驚得眼珠都要掉出來了，蘇月，你說什麼，你在……輔……導……費迪南的數學？

關蘇月說：「費迪南才不需要我輔導呢，他騙了我。」關蘇月把她上當受騙的過程告訴了凱莉張，從泰安娜小姐找她談話，到第一次上課費迪南坦白，再到費迪南請她去義大利餐館吃飯，都告訴了凱莉張，但有一個細節她沒有說出來，那就是從餐館出來時，費迪南拉住了她的手這個細節。關蘇月不想說的原因，是怕凱莉張知道後會想歪了，以為她和費迪南之間真有什麼。凱莉張的想像力總是那麼豐富。

凱莉張聽完，用叉子敲了一下盤子，又敲了一下，說：「蘇月，你行呀，這就叫有心栽花花不開，無心插柳柳成蔭，我得恭喜你，你釣到了我們年級的一條大魚！我都有些嫉妒你了。」

關蘇月聽了，叫起來，凱莉張，你在說些什麼呀，我釣到什麼大魚了？

凱莉張吃吃地笑，說：「蘇月，你那麼聰明的人，我不信你悟不出來，我是說，費迪南在追求你，他想要你做他的女朋友。」

關蘇月頭搖得像貨郎鼓，說：「不可能，絕對不可能，你真的誤會了，費迪南已經有女朋友了。」

凱莉張看著她，費迪南有女朋友了，她是誰呀？

關蘇月說：「就是你們年級的那個啦啦隊隊長。」

凱莉張問：「我們年級的啦啦隊隊長，你說的哪一個？」

關蘇月一時想不起她的名字來，說：「就是那個個子高高的，頭髮披在肩上，長得挺漂亮，對了，上次我們一起在體育場看球賽，她在指揮啦啦隊。」

凱莉張說：「噢，你說的是傑奎琳吧。」

關蘇月說：「對，就是傑奎琳。」

凱莉張說：「你那是過時了的消息，傑奎琳和費迪南約會過，但費迪南不喜歡傑奎琳，他們已經分手了。」

關蘇月不以為然地說：「那又怎麼樣，就算啦啦隊長現在不是費迪南的女朋友了，追求費迪南的女生都有一打，你不要把我和費迪南扯到一起。」

凱莉張看著關蘇月，一副恨鐵不成鋼的樣子，蘇月，我敢說：「費迪南就是在追你，不然，他不會那樣做。」

關蘇月才不相信凱莉張的話，費迪南怎麼可能追她呢？他只不過是對中國感興趣，想了解中國而已，他都說了，他去中國旅遊時，想請她當導遊。再說了，費迪南也不是她的菜，她犯不著自作多情。此刻，關蘇月更關心的是，她和費迪南出去吃飯的事，怎麼會這麼快就傳出去了？她相信費迪南不會把這件事說出去，他沒有說出去的理由，一定是迪奧里高中的哪個學生看見了他們在一起。怪只怪費迪南開的寶馬ＳＵＶ也太引人註目了，簡直就像一塊活動的招牌，現在也不知道有多少人知道了這事，這真是太可怕了！關蘇月原來以為只有中國學校才有八卦泛濫，看來不是這樣，美國學校也是八卦滋生的土壤，一點都不比中國學校遜色，也許，喜歡傳播小道消息不是哪個國家的特產，而是全世界的共性。

關蘇月不想和凱莉張繼續談論這個話題，問她，你姐姐在加州哪個大學讀書？

凱莉張沒有想到關蘇月這時會突然提起她的姐姐，愣了愣說：「她在加州大學伯克利分校。」

關蘇月說：「哇，名牌大學，你姐姐挺優秀的呀，她學的什麼專業？」

凱莉張說：「Business。」

關蘇月說：「噢，挺好的。」

二十六、假期回國過新年

聖誕節就要到了。聖誕節加上元旦新年，學校總共放兩個星期的假。關蘇月離開中國快四個月了，四個月過得好快，簡直是彈指一揮間。關蘇月的父母已經給她買好了回國機票，她這個假期要回中國過，元旦以後再返回美國。關蘇月有一種歸心似箭的感覺，最後一週就是板著指頭在倒記時。

回國又是一次漫長的跨洋飛行，這次關蘇月在飛機上睡了一覺。在北京轉機也很順利。關蘇月拖著行李箱從機場出來，一眼就看見了在出站口欄杆邊等著她的父母，她拖著行李箱小跑起來，行李箱的軲轆在地上敲出歡樂的咚咚聲。母親迎上來，難得地給了關蘇月一個長達兩秒種的擁抱，然後鬆開手，上下打量著關蘇月，說：「月月，你長高了，好像瘦了一點，臉也變黑了。」關蘇月說：「真的，我長高了嗎，我好像沒有覺得。」父親點頭說：「你是長高了，回去讓你媽給你量一量身高。」

回到家，母親繫上圍裙便忙著做飯，說：「月月，你喜歡吃剁椒魚頭，今天我一大早就去菜市場買了最新鮮的胖頭魚，還有你喜歡吃的烤雞翅。」父親在一邊說：「你媽恨不得把你喜歡吃的東西都買回來，說你在美國是吃不到這些東西的。」關蘇月說：「謝謝媽媽！我就知道媽會給我做好吃的。」

吃飯的時候，母親不住地往關蘇月的碗裡夾菜。關蘇月說：「媽媽，你讓我自己來。」母親說：「月月，你現在吃東西變得秀氣了，原來你吃雞翅，一口氣就能吃三隻，難怪瘦了，美國學校的伙食哪裡會有家裡的好。」關蘇月說：「媽媽，不是我變秀氣了，是你菜做得太多，我吃不了那麼多。」

吃完飯後，母親把電子秤搬過來，要關蘇月站在上面稱重量，關蘇月的體重幾乎沒有變。母親又找出捲尺，給關蘇月量身高，說：「月月，你去美國這幾個月，長了0.4公分呢。」關蘇月聽了有些失望，說：「才長了這麼一點點呀，我還以為至少長高了一公分呢。」

關蘇月的好友同學知道她回來了，都來她家看望，一時間，家裡門庭若市。關蘇月在家裡的近兩個星期，一點也沒有閒著，參加同學聚會，和好友結伴逛商場，去美食一條街吃燒烤，早餐則多半在小區門口那家米粉店吃牛腩米粉。回國兩週，關蘇月把她想吃的東西都吃了一個遍，一點都沒有辜負她的中國胃。雖然離開家只有四個月，小區也發生了一些小小的變化，她家附近的一家大農貿市場被取締了，因此為了給關蘇月做好吃的，母親下班回來不得不多坐一站公交車，到離家一公里外的集市區買菜。

元旦那天晚上，關蘇月接到凱莉張的一個短信。短信中，凱莉張要關蘇月把她在美國轉機的航班和到達波士頓的時間告訴她，說可能會來機場接她。凱莉張的短信給了關蘇月一個意外驚喜，因為從機場到普羅多納市的班車兩小時才有一趟，到了普羅多納市後她還要轉公交車回學校，如果機場有人接的話，不需要等班車，也省了轉公交車的麻煩。關蘇月馬上把回美國航班信息發給了凱莉張。

兩週很快就過去了，元旦後第三天，關蘇月告別父母啟程回美國。臨走前，關蘇月在家裡的電子秤上稱了一下自己的體重，驚叫起來，My goodness，我回國後這兩個星期居然一下子增加了五斤，回學校後又得趕緊減肥了。母親聽了，不悅起來，說：「月月，你減什麼肥呀，你現在這個年齡，正是長身體的時候，需要營養，要多吃東西才能身體好。」關蘇月說：「媽媽，你這就不知道了，健康專家說：「減肥就得從年輕的時候開始。」」

飛機正點到達波士頓機場。關蘇月下飛機後，給凱莉張發了一條短信，告訴她，飛機已經著陸。關蘇月去行李提取處拿了托運的行李箱，往旅客接車站臺走去。手機「滴」了一下，一條短信進來，關蘇月以為是凱莉張發來的，一看不是，是費迪南發來的，上面寫著，蘇月，我現在在來機場的路上，估計十五分鐘左右到，我開的是黑色寶馬。費迪南。關蘇月有些不敢相信自己的眼睛，不是凱莉張來接她嗎，怎麼現在變成了費迪南？她眨眨眼睛再看，千真萬確，就是費迪南的短信，時間就是現在。關蘇月想，可能是凱莉張臨時有事來不了，找了費迪南來接她。關蘇月心裡不由得埋怨起來，這個凱莉張，你有事不能來接我就告訴我一聲，我可以坐公交車回學校，根本沒有必要麻煩費迪南。可是，費迪南都已經在路上了，現在說什麼都沒有用了。關蘇月給費迪南回了短信，謝謝你。我在旅客接車站臺美聯航的牌子下面等你。

關蘇月打電話給凱莉張，沒有人接，她只好發了個短信問她，怎麼回事，怎麼是費迪南來接我？凱莉張很快回覆了，明天去學校告訴你詳情，旅途辛苦了，今晚睡個好覺。

關蘇月拖著行李箱來到旅客接車站臺，找到美聯航的牌子，牌子下面已經聚集了一群等著接車的旅客。這時已經是華燈初上，長長的站臺上，一排航空公司的招牌掛在半空，閃閃發光。站臺上冷得像冰窖，關蘇月不由得裹緊了身上的羽絨服，不時地跺一跺腳。她拿出手機看了看，已經過了十二分鐘，估計費迪南很快就要到了。

一輛黑色SUV開過來，關蘇月認出是費迪南的寶馬車，連忙招手，車子在她邊上停下來。駕駛室的門打開了，費迪南從車裡出來，他走到關蘇月面前，幫她拿行李箱，問她，你這一路旅途還順利吧？關蘇月說：「很順利。」費迪南把關蘇月的行李箱放進後備箱，說：「外面冷，你趕快進車裡去，車裡暖和。」關蘇月走到副駕駛側，打開車門坐進去。車裡溫暖如春，和外面完全是兩個世界。關蘇月一邊繫安全帶，一邊對費迪南說：「謝謝你來接我。」費迪南笑了笑，不用謝，應該的。

費迪南啟動車子，問關蘇月，你還沒有吃晚飯吧？我們到了普羅多納後，隨便找個地方吃一點。關蘇月不想麻煩費迪南，說：「我在飛機上已經吃過了，現在還不餓。」費迪南似笑非笑地看了她一眼，是嗎？你是從舊金山過來的，國內航班什麼時候也開始提供晚餐了。關蘇月知道自已說得不對，糾正說：「我現在一點都不餓，不想吃東西。」

窗外一片漆黑，車子墜入茫茫夜色中。車裡很溫暖，加上關蘇月坐的椅子有加熱通風功能，關蘇月很快便暖和過來。有一段時間，兩個人都沒有說話，只是默默地聽著車載音響播放的音樂。幾分鐘後，費迪南調低了音響，問關蘇月，這個假期你在中國過得怎麼樣？

關蘇月說：「過得很快樂。」

費迪南說：「和你家人在一起？」

嗯，和父母在一起，也和朋友同學們聚會。

中國也過聖誕節嗎？

關蘇月說：「中國不過聖誕節，聖誕節也不放假，但聖誕節這一天，街上還是蠻熱鬧的，商店也利用這一天來促銷，到處都有打折商品。」

費迪南說：「你們也過新年嗎？我是說一月一日新年這一天，我聽說中國人有自己的新年。」

關蘇月說：「我們也過 New Year's Day，放一天假，但真正意義上的過新年，是lunar new year，也就是春節（Spring festival），春節要放三天假，這是中國人最隆重的節日，像美國過聖誕節一樣。」

費迪南問：「中國人是怎麼過春節的，也和我們過聖誕節一樣嗎？」

關蘇月說：「有一樣也有不一樣的地方。」

費迪南好奇地問：「哪些一樣，哪些不一樣？」

關蘇月說：「一樣的地方就是一家人團聚在一起，不管你在哪裡工作，都要趕回來全家人一起過年，也就是過春節。」不一樣的地方就是我們過春節要比你們過聖誕節熱鬧得多。我還沒有在美國過過聖誕節，但聽說：「你們過聖誕節時，街上所有的店鋪都關門，街上冷冷清清的，一點都不熱鬧，而中國就不一樣了，春節那天，所有的商店都開著門，大家都上街去逛商店，街上到處都是人，很多家庭也不在家裡吃年夜飯，去外面飯店吃，飯店都要提前預定，預定晚了就沒有位置了。」

費迪南聽了，說：「這種過年的方式也挺有意思的。」

關蘇月這時想到，她今年春節不能回家過了，這將是她第一次不在家裡過春節，她的心裡突然有一些傷感。

寶馬車開進了迪奧里高中，在學生停車場停下來。費迪南下車把關蘇月的行李箱從後備箱裡拿出來。關蘇月不想要費迪南送她回宿舍，但費迪南已經拉著行李箱往前走了，關蘇月只好快步跟上。快到宿舍樓門口時，關蘇月看見梅蘭妮從對門健身房出來，穿著一身棗紅色運動服，這套運動服是關蘇月認為到目前為止梅蘭妮穿得最靠譜的一套衣服。

梅蘭妮看見關蘇月和費迪南在一起，費迪南的手裡還提著關蘇月的行李箱，眼睛一下子瞪大了，嘴巴張著，一副看見了外星人的模樣。關蘇月對梅蘭妮嗨了一聲，轉身對費迪南說：「費迪南，非常感謝你送我回學校。」她從費迪南手裡拿過行李箱，和梅蘭妮一前一後進了宿舍樓。她們進了宿舍後，梅蘭妮才把那聲憋在喉嚨裡的「哇」字叫了出來，劈哩啪啦說起來，蘇月，你什麼時候和費迪南好上的，我怎麼一點都不知道，你也太不夠朋友了吧，不是我今天親眼看到你和費迪南在一起，我還一直被蒙在鼓裡呢。

關蘇月趕緊聲明，蘭妮，你誤會了，我和費迪南只是一般同學關係，不是你想的那樣。

梅蘭妮鼻子裡哼了一聲，是我想多了嗎，如果我沒有弄錯的話，費迪南是專程到機場把你接回來的吧，你回中國度假還一直和他保持聯繫，我就奇怪了，你們的關係是從什麼時候開始的。

關蘇月哭笑不得，她現在真是有一千張嘴也說不清了，連她自己都不知道費迪南今天怎麼會來機場接她？剛才在車裡，她本來是想問費迪南的，但費迪南沒有給她機會，一直在和她談論著有關中國的事情。關蘇月只能對梅蘭妮說：「我真的沒有瞞你，我和費迪南沒有任何關係。」

二十七、拒絕做費迪南的女朋友

中午，關蘇月和凱莉張坐在餐廳外面的草地上吃飯。兩人面對面盤腿坐著，餐盤放在腿上。凱莉張把一包醬料淋在蔬菜沙拉上，用叉子拌了幾下，叉了兩片放進嘴裡，抬起頭來看關蘇月，問她，你這次回國還玩得開心吧，說說看，在中國都做了些什麼？

關蘇月沒有回答凱莉張的話，問她，凱莉張，昨天費迪南來機場接我到底是怎麼回事？

凱莉張笑起來，笑得有些不懷好意，說：「你問我，難道費迪南沒有告訴你？」

關蘇月盯著凱莉張說：「我就想問你，這到底是怎麼回事？」

凱莉張見關蘇月真的不知道，覺得納悶，昨天費迪南去機場接你回來時，你沒有問他是怎麼回事？

關蘇月說：「我沒有問他，我就等著問你呢。」

凱莉張說：「蘇月呀蘇月，我真弄不懂你了，從機場到普羅多納，路上有一個小時的時間呢，你有的是時間，你為什麼不問費迪南？」關蘇月也不說話，眼睛盯著凱莉張，那意思是，我就等著你的回答。凱莉張聳聳肩說：「既然你不想問費迪南，那我就告訴你吧，元旦那天市中心廣場有新年遊行，我去看遊行時，遇見了費迪南，他問我你哪天回來，我告訴了他，他又找我要你的回程航班信息，說他想去機場接你，我看他是認真的，不像是開玩笑，所以就給你發了短信，找你要回美國的航班信息。」事情的經過就是這樣。凱莉張意味深長地看了關蘇月一眼，說：「蘇月，你現在知道我以前對你說的話是真的了吧。」

晚自習後，關蘇月看見手機裡有費迪南的一條短信，上面寫著，蘇月，有一句話我憋在心裡很久了，在你回中國度假之前就想對你說：「我喜歡你，做我的女朋友吧。」關蘇月呆呆地看著這條短信，她的腦子一下子亂了，梅蘭妮和她說話，她也沒有聽見。梅蘭妮拍了她一下，說：「蘇月，跟你說話呢，你在發什麼呆？」關蘇月哪裡有心思聽梅蘭妮說什麼，她對梅蘭妮說：「你有什麼話明天對我說，我現在就想一個人靜一靜。」

那天晚上，關蘇月在床上翻來覆去像烙餅一樣。如果說：「關蘇月在回中國之前，還不相信費迪南喜歡自己的話，今天中午，凱莉張把費迪南來機場接她的事情經過告訴了她之後，關蘇月不是那麼確定了，但儘管這樣，關蘇月還沒有來得及往深處想，但現在，費迪南的短信把她逼到非想不可的地步了。」

關蘇月現在還不想談朋友，至少到目前為止，她還沒有這種願望，如果寫短信的人不是費迪南，而是其他學生的話，關蘇月會毫不猶豫的拒絕，她只需要回一句短信，我要把時間用在學習上，不想這麼早就談朋友，我父母也不會允許。但費迪南叫她為難了，她想拒絕他，但又害怕會傷害他的自尊心，畢竟，費迪南不同於一般學生，他是學校的體育明星。關蘇月對費迪南印象也不錯，在費迪南身上，除了那道足球明星的光環外，還有他個人的魅力，這包括他的帥氣，幽默和紳士風度。

關蘇月的心裡亂得很，她很想找個人說說：「幫她出出主意。」但她不想對父母說，父母要是知道了，會更加為她擔心。平時，關蘇月和父母通話的時候，基本上都是報喜不報憂，有可能讓父母煩心的事都會盡量不說。找凱莉張也沒有用，她不用猜就知道，凱莉張肯定會支持她和費迪南談朋友，凱莉張自已就恨不得從小學時就開始談男朋友了。

可是怎麼給費迪南回短信？要怎麼寫才能做到即要把意思說清楚，又不會傷了費迪南的自尊心，關蘇月心裡糾結著……不知什麼時候，關蘇月睡著了，但睡得很不踏實，模糊不清的夢一個接一個，一會兒夢見自已在深山老林裡迷了路，林中霧氣濛濛什麼都看不清，她轉來轉去都沒有找到出去的路……後來又被什麼人追到江邊，茫茫江水上有一艘船，可是無論她怎麼呼叫，拼命向船隻揮手，船就是不駛過來……

第二天早晨，關蘇月去浴室洗漱，在鏡子裡看見自己的眼睛周圍出現了黑眼圈。她用她熱毛巾敷了敷，好了一些。她去活動室取回自已的手機，給費迪南發了一條短信，短短的一句話，對不起，我現在還不想談朋友。短信發出之後，關蘇月舒了一口氣，同時，心裡又覺得有那麼一些失落。

一個上午過去了，關蘇月沒有收到費迪南的回音。關蘇月下午第一節沒有課，吃完飯，她來到圖書館閱覽室上網，盯著電腦屏幕卻一個字也看不進去，心裡想，費迪南為什麼不回她的短信？關蘇月相信費迪南一定看到了她的短信。她猜想費迪南看到她的短信時，臉上會是什麼樣的表情？是失望，還是滿不在乎……下午第二節課是數學課，關蘇月想到上數學課時要見到費迪南，心裡有些發怵，不知道會看到費迪南一張什麼樣的臉。

下午第二節課，關蘇月早早進了教室，這時費迪南還沒有來，她從書包裡拿出數學課本，裝模作樣地看起書來。費迪南進來時，關蘇月大氣也不敢出，眼珠一動不動盯在書上，彷彿錐子砸進去似的。整個一節課，關蘇月的脖子都是僵直的，眼睛只是看著泰安娜小姐和她後面的黑板，盡量避免和費迪南的視線相遇。到下課時，關蘇月的脖子僵硬得都不像是在肩膀上了。

二十八、腳踝不幸扭傷

星期六上午，學校交響樂隊在排練廳排練。關蘇月是交響樂隊隊員，她提著長笛盒走進排練廳時，一眼就看見了費迪南，他站在樂池前面，正在和樂隊指揮說話。關蘇月覺得納悶，費迪南不是管弦樂隊的，他來這裡幹什麼？關蘇月走到自己的座位上，把長笛從盒子裡拿出來，一段段接好。中提琴手伊莎走過來，對關蘇月擠眉弄眼地說：「蘇月，你男朋友來了，酷！」關蘇月一臉的雲裡霧裡，問伊莎，你說誰的男朋友？伊莎斜了關蘇月一眼，還保密呀，誰不知道費迪南是你的男朋友。說罷，伊莎飄然而去。

關蘇月的心咯噔了一下，這真是好事不出門，不靠譜的小道消息傳千里。樂隊排練時，關蘇月看見費迪南坐在後面，手裡拿了一把黃澄澄的小號。關蘇月這才知道，原來費迪南也加入到管弦樂隊來了。關蘇月覺得費迪南吹小號的水平其實很一般，不知道隊長怎麼會把他收進來的。

排練過程中，關蘇月有些走神，感覺一些女生看她的眼神怪怪的，還有人對她和費迪南指指點點，以至於她在長笛演奏時，因為注意力不集中，有兩次居然吹走了調，氣得樂隊指揮用指揮棒啪啪敲打著樂譜，眼睛像匕首一樣刺向她。關蘇月窘得滿臉通紅，她心裡惱火透了，怪費迪南不該參加樂隊，又怪那些傳播小道消息的嚼舌者們。

樂隊排練終於結束了。關蘇月把長笛拆下來，放進盒子裡，提著盒子走出排練廳。她剛走下臺階，費迪南不知從什麼地方鑽了出來，站在她面前，關蘇月來不及躲開，只好聽天由命地站在那裡，看費迪南要說什麼。費迪南問她，蘇月，你今天怎麼了，沒有什麼不順心的事吧？

關蘇月氣不打一處來，這個費迪南，都是他惹的事，他還跟沒事人一樣。關蘇月壓住火氣，冷冷地說：「你問我，我還要問你呢。」

費迪南說：「你想問我什麼？」

關蘇月沒有回答，嘀咕一聲，whatever。

費迪南看關蘇月不願意說：「也沒有追問下去，蘇月，你現在有時間嗎？」

關蘇月看著費迪南，你有什麼事？

費迪南嘴巴咧了一下，我想和你談談，不占用你多的時間，就五分鐘，五分鐘可以嗎？

關蘇月想不出費迪南會說什麼，有什麼話，可以回短信呀，幹嘛一定要面對面說呢。她遲疑了一下，說：「可以。」她的眼睛往排練廳門口望過去，有幾個樂隊成員站在那裡說話，他們的眼睛正在往這邊看。關蘇月趕緊把頭扭回來，猶猶豫豫地問：「就在這裡說嗎？」

費迪南也往排練廳門口看了一眼，似乎猜出了關蘇月的心思，說：「我們去停車場說話怎麼樣？」

關蘇月點頭。

兩人往停車場走去。週末的停車場空蕩蕩的，只有靠教學樓這邊停了幾輛車。這次，費迪南開的不是那輛招人現眼的寶馬SUV，而是一輛福特探險者，也是一輛大SUV，牛高馬大的，把邊上停著的一輛普通小轎車比成了小兒科。看得出來費迪南喜歡開大車子。

費迪南問關蘇月，我們進到車裡說？關蘇月點點頭。費迪南打開副駕駛位車門。座位上亂七八糟堆了一些東西，有手套，遮陽鏡，碟片，可樂瓶等。費迪南嘴裡說著對不起，彎腰把那些東西一一撿起來，扔到後面的座位上，為關蘇月騰出地方。費迪南從車座下面找到一瓶沒開封的礦泉水，遞給關蘇月，說：「你口渴了吧？關蘇月也確實口渴了，她接過水瓶，擰開瓶蓋，咕嚕咕嚕一下子喝下了小半瓶水。」

關蘇月拘謹不安地坐在車裡，等著費迪南開口說話。費迪南坐進來，轉過頭看著她，說：「蘇月，我想知道，你短信上那句「我現在還不想談朋友」是什麼意思？」

關蘇月說：「我的意思是，我現在年齡還小，不想交男朋友。」

費迪南問：「你多大了？」

關蘇月說：「我還沒有滿十六歲。」

費迪南說：「你什麼時候滿十六歲？」

關蘇月說：「還有一個月。」

費迪南說：「你的意思是，你要滿十六歲才可以談男朋友？」

關蘇月一愣，她沒想到費迪南還真會鑽牛角尖，說：「我不是那個意思，十六歲也還是太小了。」

費迪南摸摸腦袋說：「蘇月，你告訴我，你什麼時候可以談男朋友？」

關蘇月被費迪南問得又愣了一下，想一想說：「我不知道，我還沒有想好。」

費迪南張開嘴想說什麼，又閉上了，輕嘆一口氣，說：「那好吧，蘇月，等你想好了再告訴我。」

關蘇月不由得鬆了一口氣，問費迪南，我現在可以走了嗎？儘管車子兩邊的窗戶都搖下來了，車裡的空間也足夠大，關蘇月仍然覺得車裡的空氣不夠用，好像是被什麼東西抽走了一樣，讓她喘不過氣來，她一秒鐘也不想在車裡面待了。

費迪南說：「你走吧。」

關蘇月如獲大赦，打開車門，急急忙忙下車，她忘了這是一輛大車子，踏板離地面的距離比一般小車要高，她右腳往下踩地時踩空了，腳落地時扭了一下。關蘇月疼得哎喲一聲坐在了地上，手裡拿著的長笛盒也摔了出去，盒蓋打開了，三段長笛掉出來，散落在地上。

費迪南聽到關蘇月的叫聲，趕忙下車跑過來，看見關蘇月坐在地上。費迪南問關蘇月，你怎麼了？摔著什麼地方了？關蘇月抱著受傷的右腳，疼得哧哧直吸氣，說：「我的腳踝部扭了。」費迪南一條腿跪在地上，查看關蘇月受傷的腳。關蘇月的右踝關節已經腫起來了，局部還有一處紫紅色的淤斑。

費迪南站起來說：「我帶你去學校醫務室看看，你等一下，我先給本傑明小姐打個電話，看她在不在醫務室。」費迪南拿出手機，找到電話號碼，打了過去，本傑明小姐本人接了電話，費迪南把關蘇月受傷的情況簡單說了一下，本傑明小姐要他們到醫務室來。

費迪南把散落在地上的長笛段撿起來，裝進盒子裡，放進車裡，來到關蘇月面前，說：「我送你去醫務室。說著，費迪南彎下腰來，伸出雙手，要把關蘇月抱起來。」

關蘇月急忙擺手，說我可以自己走。

費迪南說：「蘇月，你開什麼玩笑，你現在這個樣子能自己走嗎？」

關蘇月動了動右腳，一陣鑽心的疼，她忍不住哎喲一聲叫了出來。這時，費迪南也不管關蘇月願不願意了，不由分說地一下把關蘇月抱了起來，大步往醫務室走去。

關蘇月躺在費迪南懷裡，雙手抱在胸前，眼睛不敢直視費迪南。費迪南往前走了幾步，說：「蘇月，你這樣子不行，你得配合我，你的手要抱住我的脖子。」關蘇月只好伸出手來抱住了費迪南的脖子，這樣一來，關蘇月的頭就靠在了費迪南的肩膀上，緊貼著他的脖子，她聞到了費迪南頭上洗髮水的味道，帶著一股淡淡的晨露的清香。

費迪南抱著關蘇月來到醫務室，本傑明小姐已經在等著他們了。本傑明小姐是學校醫務室的一個資深護士，在迪奧里高中醫務室工作了十幾年，有豐富的經驗。本傑明小姐仔細檢查了關蘇月受傷的右踝後，告訴她，關小姐，你很幸運，你的右踝沒有骨折，只是韌帶扭傷，很快就會好的。本傑明小姐用黑色塑料夾板給關蘇月的右踝關節做了固定，並囑咐關蘇月，受傷的右腳至少一個星期不要活動，等腫脹減輕後適當增加活動量。本傑明小姐給了關蘇月一個冰袋，要她回宿舍後敷在踝關節上，有助於消腫，又給了關蘇月四粒止痛片，要她在踝關節疼得厲害時服用，兩片藥的間隔時間不要少於四個小時。

費迪南把關蘇月送回宿舍，扶她在床上坐下來，又搬過來一把椅子，把她受傷的腳平放在椅子上，說這樣有助於促進血液循環，減少腫脹。關蘇月很感動，說：「費迪南，謝謝你，你知道得還挺多的。」費迪南大大咧咧地說：「我踢球十幾年了，踝關節，膝關節都受過傷，也骨折過，也算是經驗豐富了。」

關蘇月把塑料夾板打開，看見踝關節部位腫得更加厲害了，右踝部的青紫色淤斑從剛開始錢幣大小變成拳頭大一片了，她伸出手指在腫脹的部位壓了壓，一壓一個坑，半天起不來。費迪南把冰袋給她敷在右踝關節上，冰袋敷上後，關蘇月感覺疼痛減輕了一些，估計是痛覺神經被凍麻木了。

梅蘭妮不在宿舍裡。梅蘭妮是學校戲劇俱樂部的成員，戲劇社下午排戲，想必她已經去排練廳了。費迪南看了看錶說：「現在學校餐廳還在供應午餐，我去餐廳給你帶午餐回來。」費迪南回來時，手裡拿了兩個火腿三明治，兩瓶礦泉水和兩個橘子。他們吃完午餐後，費迪南把一瓶礦泉水打開給關蘇月，要她吃一粒止痛片。關蘇月搖頭說：「我現在不吃，還是留到晚上吧，等疼得睡不著的時侯吃。」費迪南說：「蘇月，你晚上如果睡不著的話，打我的手機，我給你講故事聽。」費迪南的話一下觸動了關蘇月，她看著費迪南，眼裡漸漸湧出了淚水。

費迪南見狀走過去，坐在關蘇月邊上，一隻手摟住了她的肩，安慰她說：「蘇月，你不要擔心，你的腳很快就會好的。」關蘇月溫順地靠著費迪南的肩膀，閉上了眼睛。費迪南的肩膀寬厚結實，讓她有一種安全感。

外面走道上傳來了說話聲，關蘇月猛地一下驚醒過來，她急忙坐直身子不好意思地說：「費迪南，我不想再耽誤你的時間了，你回家吧，謝謝你的關心和幫助。」費迪南站起來說：「那我就走了，如果你有什麼事需要幫助的話，隨時給我打電話。」

梅蘭妮排練回來，問關蘇月，你今天去哪裡了，怎麼把腳給扭了？關蘇月含含糊糊地說：「樂隊排練完回宿舍時，在路上把腳給扭了。」梅蘭妮聽了笑起來，頗有幽默感地說：「蘇月，從排練廳到宿舍那麼平坦的一條路，你都把腳給扭了，你不是在路上走高蹺吧？」關蘇月被梅蘭妮說得臉有些發熱，趕緊轉移話題，問她，蘭妮，你們戲劇社的新劇現在排練得怎麼樣了？梅蘭妮只要一提到戲劇社這學期排的新戲，就立即變得眉飛色舞起來，說：「我們的戲排練得差不多了」，導演說：「我們再排練兩到三次就ＯＫ了。」梅蘭妮在劇中扮演的是個小角色，一共只有三句臺詞，但梅蘭妮表現得非常積極，每次劇組排練，不管有不有她的戲，她都會風雨無阻的準時到達。梅蘭妮喜歡演戲，她還報名參加了戲劇表演課，她的理想是有一天在戲裡當上女主角。

吃晚飯的時候，梅蘭妮給關蘇月打回了晚餐。梅蘭妮說：「你下週要去上課的話，必須要有一副拐杖，沒有拐杖你是沒有辦法去上課的，我去問問其他寄宿的學生，看誰有不用的拐杖。」當天晚上，梅蘭妮就給關蘇月弄來了一副拐仗。拐杖的主人是一個寄宿的高三女生，去年聖誕節去山上滑雪摔了一跤，膝關節骨折，現在已經恢復了。關蘇月很感謝梅蘭妮，有了拐杖，她下個星期就可以去上課了。

晚上十點鐘，費迪南發來短信，蘇月，感覺怎麼樣，疼痛好些了嗎？

關蘇月回覆，嗯，剛吃了止疼藥，沒有那麼疼了。

費迪南短信，那就好。我明天去給你買一副拐杖送過來，這樣你下週就可以去上課了。

關蘇月很感動費迪南的細心，回覆說：「我已經借到拐杖了，謝謝你。」

費迪南短信，早點休息，晚上睡一個好覺！

關蘇月回覆，你也是。晚安！

關蘇月半夜裡又痛醒來一次，她看看時間，離上次吃藥的時間已經超過了四小時，便起來吃了一粒止痛片。第二天一覺睡到快十點鐘。關蘇月打開手機，看見費迪南發來了一條短信，昨天晚上睡得好嗎？

關蘇月回覆，睡得很好。

費迪南短信，把腳抬高，盡量少活動，我下午過來看你。

關蘇月回覆，你不要過來了，我一切都很好。

費迪南短信，好吧，我們明天見。

二十九、談男朋友影響學習嗎？

星期一，關蘇月杵著拐杖去上課，她去存物櫃取書時，看見費迪南在她的存物櫃邊上等著她。費迪南一把拿過關蘇月的書包，把數學課本放進書包裡，說：「你杵著拐杖不方便，我來幫你背書包。」關蘇月不想麻煩他，本來想說：「我可以背。但費迪南已經把書包拿過去了，關蘇月只好讓步了。」但她不願意和費迪南走在一起，本來她杵著個拐杖就夠打眼了，如果還有費迪南在邊上為她拿著書包，那就更加引人註目了。關蘇月對費迪南說：「你先走吧，把書包放在我座位上就可以的。」費迪南說好，把關蘇月的書包扛在肩膀上走了。關蘇月的書包是淺灰色的，上面有一個超級可愛的猴子。關蘇月看見那只猴子在費迪南的肩上跳躍著，很快消失在人群裡。

關蘇月杵著拐杖慢慢上樓梯的時候，凱莉張從後面走上來，問關蘇月，你的腳怎麼啦？

關蘇月說：「踝關節扭了一下。」

凱莉張問：「怎麼會把腳扭傷了呢，週末去爬山了？」

關蘇月說：「沒有，就是在學校裡扭傷的。」

凱莉張皺了皺眉，說：「腳扭傷很痛喲，我有過親身體驗，也是右踝骨扭傷，那還是我上初中的時候，我騎自行車去公園玩，路上有一個很長的坡，我下坡時只圖痛快，沒有踩剎車，車下滑速度太快，半道上翻了下去，我被甩到了溝裡，把腳踝給扭了，那個疼，簡直都快痛暈過去了，也是穿這種塑料夾板，我記得好像都穿了一個月。」

關蘇月驚訝道，要穿一個月呀，我以為一個多星期就好了。

凱莉張說：「傷筋動骨哪裡會好得那麼快，你當是擦破點皮呀。」

中午，凱莉張為關蘇月打來了午飯，兩個人坐在教學樓旁邊的一張石凳上吃飯。

凱莉張問：「蘇月，你現在和費迪南的關係發展得怎麼樣了？」

關蘇月說：「上個星期，費迪南給我發了一條短信，要我做他的女朋友。」

凱莉張問：「哦，你是怎麼回答他的？」

關蘇月說：「我說我現在還不想談朋友。」

凱莉張眉毛揚了一下，問：「費迪南怎麼說？」

關蘇月說：「費迪南沒有回我的短信，星期六上午我們樂隊排練時，他來了，他現在也加入到我們交響樂隊了，是我們樂隊的小號手。」排練結束後，費迪南在門口等我，說要和我談談。他問我，現在我還不想談朋友是什麼意思？我說：「我才十六歲，年齡還小。」費迪南問我，什麼時候才算是長大了？我說我不知道。他要我想好了告訴他。

兩人有一會兒都沒有說話。

一個藍色飛盤飛過來，落在石凳邊上。凱莉張彎下腰，把飛盤撿起來，扔給過來撿飛盤的男生。

凱莉張看看關蘇月，問：「蘇月，你現在不願意談男朋友是因為你父母反對嗎？」

關蘇月抬起頭，說：「可以這麼說吧。」

凱莉張說：「你父母之所以反對你交男朋友，也是因為怕你談朋友而影響學習？」

關蘇月點頭，應該是這樣。

凱莉張若有所思地問：「那你自己呢，你是怎麼認為的，你也認為交男朋友會影響你的學習嗎？」

關蘇月開始點頭，然後又搖頭，說：「我也不知道。」

凱莉張說：「蘇月，你想聽我的看法嗎？」

關蘇月說：「我當然想聽，你說吧。」

凱莉張說：「我並不認為交男朋友就會影響學習。」

關蘇月看了看凱莉張，沒有作聲。

凱莉張說：「我就說我自己吧，我是初三開始談男朋友的，是我的前男友，那時我還不滿十五歲，我告訴了我父母，開始我媽媽也堅決反對，她跟你母親的觀點是一樣的，認為我如果談男朋友的話，就不會把心思用在學習上，就會影響我的學習，但我爸爸卻對我的男朋友感興趣，他要我週末邀請男朋友到家裡來吃飯，他想了解他。於是，一個週末，我邀請我前男友到家裡來吃了晚飯，我爸爸和他談過後，覺得他不錯，認可了他，我媽媽也默認了，但對我提出了一個條件，那就是我不會因為有男朋友而影響我的學習，如果她發現我的學習成績下降了的話，我和前男友的關係必須終止。」結果，我並沒有因為有男朋友而影響學習，不管是在初中還是在高中，我各門功課都是優秀，Straight-A。

關蘇月知道凱莉張學習很優秀，還知道凱莉張的理想大學是斯坦福大學。關蘇月曾經問過凱莉張為什麼不想去東部的常春藤大學？凱莉張說她喜歡加利福利亞州，不想去東海岸。

關蘇月說：「我父母總是對我說，學生要以學為主，一心不可二用，我在中國時，學校的老師也是這麼教育我的，我也覺得他們說的對，可是，凱莉張，你是怎麼做到談男朋友而不影響學習的？」

凱莉張說：「我母親當初反對我談男朋友時，也提到過一心二用這幾個字。我是這麼理解的，我們在學習的時候，應該專注，不能一心二用，但在學習以外呢，我們還有很多時間可以做別的事，想其他的事，這中間也包括談男朋友呀，這怎麼會與學習有衝突呢？」

關蘇月手裡的叉子停住了，思索著凱莉張說的話，她承認凱莉張的話也有道理，畢竟，中國和美國的情況不一樣，中國學生高考競爭太激烈，你必須得把所有的精力都放在學習上才行，哪怕只要有一點點分心，你就會落在別人的後面，當然不能一心二用了。但美國學生不一樣，他們花在必修課上的時間可能只有百分之五十，其餘時間就能夠一心二用了，甚至一心三用也未嘗不可。關蘇月把她的想法告訴凱莉張，凱莉張也不作聲了，但又說：「蘇月，你現在在美國，我相信你不會因為談男朋友而影響學習。」

關蘇月沒有說話，她吃了幾口雞蛋炒米飯，突然想到了一個問題，這是一個有些羞以啟齒的問題，她的嘴唇動了動，又動了動，終於鼓起勇氣開了口，聲音低得幾乎連自已都聽不見，如果交男朋友的話，一定會發生那種……那種性關係嗎？

關蘇月的說話聲音太低，幾乎就像是蚊子在嗡嗡，凱莉張沒有聽清楚，問她，你說什麼關係，你大點聲說好嗎？

關蘇月深深吸了一口氣，說：「我是說，如果男女之間談朋友的話，就會發生那種性關係嗎？」說完，她的臉紅了。

凱莉張沒有馬上回答關蘇月的問題，她沈默了一會，說：「也不一定，如果你不想和男朋友發生性關係的話，你一定要明確對他說」，如果他是個靠譜的，負責任的男生，他一定不會強迫你做你不想做的事，但你自已也要注意分寸，不要在男朋友家人不在的情況下去他家，也不要和男朋友單獨留在一個封閉的空間。

三十、通過全美數學競賽

星期一上數學課時，泰安娜小姐提醒大家，全美數學競賽考試在下個星期二進行，考試地點在愛德華先生的教室，你們最好在日曆上做個標記，免得到時忘記了。當關蘇月把泰安娜小姐在課堂上講的這段話說給母親聽時，母親在電話裡大笑起來，說：「這怎麼可能呢，這麼重要的全國數學考試，怎麼會有學生忘記考試日期呢？真是太好笑了！」關蘇月皺皺眉頭說：「這沒有什麼好笑的，要不是泰安娜小姐今天提醒我們，好多同學都忘記了這次考試。」母親聽了，不由得有感而發地又評論了一番中國學生和美國學生如何如何不一樣，雲雲，對關蘇月說：「月月，咱不管美國同學怎麼想，你要拿出你最好的狀態來，爭取考出好成績。」

全美數學競賽的前一天晚上，關蘇月遵照母親的囑咐，臨睡前喝了一杯牛奶，又吃了兩片腦白金，想晚上睡一個好覺。但事與願違，儘管關蘇月覺得自己一點都不緊張，很放鬆，但躺在床上就是沒有睡意，腦子活躍得很，想的東西也是漫無邊際，海闊天空，直到過了轉鐘一點才迷迷糊糊睡著，早上不到六點鐘就醒來了。

上課鈴響第一遍時，關蘇月走進考場，她剛坐下，便看見凱莉張進來了，兩人目光相遇笑了笑。上課鈴響第二遍時，監考老師走進考場。關蘇月再一次環視教室，和關蘇月同一個數學班的同學至少有三分之二參加了這次全美數學競賽，但其中沒有費迪南。不知怎的，關蘇月的心裡有一種隱隱的失落感。

考試卷子發下來之後，關蘇月飛快地掃了一遍，覺得題目不算難，心情頓時放鬆了不少。這時，考場裡出現了一陣輕微的嗡嗡聲，像一群黃蜂飛過。關蘇月聽到後面一個考生說：「哇，這考試題也太難了，早知道是這樣，我就不來參加考試了。」隨即，傳來一陣椅子輕微挪動的聲音，有考生離開考場，向門口走去，接著，更多的考生離開考場，最後，考場裡只剩下了不到三分之一的學生。

關蘇月沒有見過這種考試場面，她環視了一下突然變得空蕩蕩的考場，又朝監考老師望過去。監考老師站在講臺上，臉上一副波瀾不驚的樣子，仿佛學生在考場放棄考試是一件很平常的事。關蘇月又回過頭朝坐在她後面兩排的凱莉張看了一眼，只見她手裡拿著筆，兩眼盯著試卷在思考，剛才考場裡發生的事好像並沒有影響到她。關蘇月感到有些慚愧，她迅速收回眼光，把注意力放在面前的試卷上。

全美數學競賽試題對關蘇月來說：「確實不算難，只有一道考試題目難度有些大，她沒有把握自己是不是做對了。」離交卷時間還有六分鐘，關蘇月已經做完了全部試題，她又仔細檢查一遍後交了卷。

一個星期後，考試結果出來，迪奧里高中有七個學生通過了全美數學競賽，關蘇月和凱莉張都在裡面。泰安娜小姐在課堂上向通過全美數學競賽的同學表示了祝賀，並通知他們準備參加下個月舉行的全美數學邀請賽。

數學課下課後，關蘇月便迫不及待地要把這個好消息告訴母親，她拿起手機給母親打電話，撥完號後才想起美國和中國有時間差，這時，遠在太平洋彼岸的中國是第二天凌晨二點鐘。母親睡意朦朧地接了電話，當聽到關蘇月說她通過全美數學競賽的好消息時，母親的睡意立馬被趕跑了，說話的聲音也變得一下清晰起來。母親欣喜地說：「月月，我就知道你一定會通過美國數學競賽的，全世界都知道中國學生的數學厲害，你看國際奧林匹克數學競賽，我們中國拿了多少個金牌！」

關蘇月告訴母親，我們這些通過全美數學競賽的同學下個月還要參加全美數學邀請賽。

母親聽了，又信心百倍地給關蘇月打氣，說了很多鼓勵她的話，總之是希望關蘇月能夠再接再厲，爭取全美數學邀請賽也考出好成績來。

關蘇月卻沒有母親那樣滿滿的信心，說實話，她對即將到來的全美數學邀請賽沒有抱多少期望。泰安娜小姐說過，全美數學邀請賽有一定的難度，是進軍國家奧林匹克數學集訓隊的一場很關鍵的考試。關蘇月想，如果我能通過的話，恐怕只有等天上掉餡餅下來了。

這時，關蘇月已經上完托福網課，又參加了一次托福考試，成績是九十三分，離預期分數九十五還差兩分。關蘇月已經把轉校的申請材料寄出去了，托福考試分數也會自動送到她要轉學的學校。因為托福成績還差兩分，關蘇月也不知道她轉校的事有不有希望，

三十一、啦啦隊隊長吃醋

星期三是關蘇月的生日，她滿十六歲了，這也是關蘇月第一次沒有和父母在一起過生日。中午，關蘇月去餐廳吃飯，進門就看見餐廳的大電視屏幕上有一張她放大的照片，旁邊有一行鏤空的英文字，關蘇月，祝你生日快樂！照片四周點綴著喜慶的鮮花和五彩氣球。這是迪奧里高中自建校以來就有的的傳統，在迪奧里高中讀書的每一個學生，只要他或她的生日是在校讀書期間，生日的那一天中午，他或她的照片和名字都會出現在餐廳的電視屏幕上。凱莉張，梅蘭妮，還有幾個平時和關蘇月關係好的同學都聚集在餐桌邊，見關蘇月進來，大家都站起來，像迎接英雄凱旋似的圍著關蘇月，齊聲唱起〈祝你生日快樂〉的歌來，與此同時，周圍餐桌就餐的學生們也雙手用力拍著桌子，很有節奏感地在一邊助興。一時間，歌聲，拍桌子的聲音響成了一片。關蘇月眼裡閃著淚花，她的心情很激動。那一刻，關蘇月覺得自已簡直就是世界上最幸福的人了。凱莉張在關蘇月耳邊低語，蘇月，我爸爸媽媽邀請你這個星期六晚上來我家裡吃晚飯，慶祝你十六歲生日。

下午上第一節課的時候，關蘇月接到費迪南發來的一條短信，蘇月，十六歲生日快樂！今天晚上我請你吃飯，然後帶你去一個好玩的地方，有舞會，等你的回音。

關蘇月盯著費迪南的短信看了又看，最後回覆，費迪南，謝謝你的邀請，對不起，我晚上有自習課，去不了。

費迪南短信，今天是特殊日子，你可以請假。

關蘇月回覆，不行，我有一篇論文明天要交。

一刻鐘後，費迪南回了短信，我們改在這個星期六晚上怎麼樣？我們先出去吃晚飯，然後去看一場電影。

關蘇月回覆，星期六晚上也不行，凱莉張邀請我去她家吃晚飯。想了想，又加了一句，星期天中午一起吃飯怎麼樣？

費迪南短信，好的，星期天上午十一點鐘我來學校接你，Be there or be square（不見不散）。

星期四上午，關蘇月第三節課沒有課，她去了圖書館。這個時候，圖書館裡通常沒有什麼學生。管理員貝洛克太太，五十多歲，帶著一副厚厚的黑框眼鏡，坐在櫃臺後面，她的面前放著一臺電腦。聽見門響，貝洛克太太的頭從電腦後面探了出來，銳利的目光從眼鏡片後面向關蘇月射過來，審視著她。關蘇月聽別的同學說過，貝洛克太太的眼睛很毒，她能分辨出來圖書館的學生是不是逃課生，通常都八九不離十。關蘇月不是逃課生，也沒有留下過不良記錄，貝洛克太太那老鷹一樣的目光對她沒有絲毫威懾力，她還對貝洛克太太友好地笑了笑。

關蘇月在閱覽室做完作業，看看還沒到上課時間，便去期刊架那邊拿了一本雜誌，坐在沙發上隨意翻起來。

有人走過來，在她面前停下來。關蘇月抬起頭，見是拉拉隊長傑奎琳站在她面前，她征了一下。傑奎琳穿了一件灰色夾克衫，緊身牛仔褲，金褐色的頭髮紮成一個馬尾辮吊在腦後。傑奎琳看著關蘇月，俏麗的臉上帶著一絲微笑，說：「關小姐，你現在有時間嗎？我想和你出去談談？」

關蘇月本能地覺得傑奎琳有些來者不善，她稍稍遲疑了一下，還是答應了。關蘇月站起來，把雜誌放回期刊架上，隨著傑奎琳走出圖書室。她們來到圖書館外面的草地上。一個拉拉隊女生走過來，站在傑奎琳邊上。原來傑奎琳不是一個人，她還帶了一個同伴。

傑奎琳轉過身，看著關蘇月，她臉上的笑容已經消失，像是結了一層冰，透著寒光，她的雙手叉腰，一雙丹鳳眼高高挑起，目光咄咄逼人地看著關蘇月。關蘇月心裡有些發怵，但還是勇敢地迎著傑奎琳的目光，問她，你要和我說什麼？關蘇月自己都聽得出來，她的聲音在微微發顫。

傑奎琳怒氣衝衝地罵道，Bitch，你搶走了我的男朋友。

關蘇月的頭像是被什麼東西猛擊了一下，只覺得渾身的血往頭上湧，她沒有想到傑奎琳會罵她，還無中生有地認為她搶走了費迪南，氣得腦子幾乎短路了，她一時想不出別的話來，索性用傑奎琳的原話罵回去，你才是bitch！

你敢罵我？傑奎琳杏眼圓睜，她的手放下來捏成了拳頭，向關蘇月逼近了一步，傑奎琳的女伴也隨著往前邁了一步。

關蘇月說：「是你先罵的我，我根本就沒有和你搶男朋友。」

兩人面對面靠得那麼近，關蘇月幾乎都能聞到傑奎琳的鼻息。一個念頭在關蘇月腦子裡閃過，傑奎琳這是要打架嗎?傑奎琳比關蘇月足足高了一個額頭，她的啦啦隊同伴的個頭也不低，如果傑奎琳真要動手打她的話，她肯定不是傑奎琳的對手。但關蘇月不會在傑奎琳面前做膽小鬼，如果傑奎琳敢先打她的話，她一定會反擊，即便打不贏，她也要咬她一口，或者扯掉她一把頭髮。

蘇月，你在這裡做什麼?關蘇月聽到有人在大聲叫她，她順著聲音望過去，看見凱莉張在向她走過來。凱莉張走到她們面前，對啦啦隊長說：「傑奎琳，我不知道你們兩人認識。」

傑奎琳看看凱莉張，又看看關蘇月，鼻子裡哼了一聲，對邊上的同伴說：「我們走。」兩人走了。

凱莉張對關蘇月說：「你和傑奎琳在這裡做什麼呀?我看你們倆就像兩隻鬥公雞。」

關蘇月悻然說：「她罵我是bitch，說我搶了她的男朋友，傑奎琳簡直就是個潑婦，神經病!」

凱莉張鼻子裡哧了一下，說：「傑奎琳這是拉不出屎來怪廁所」，蘇月，你不要怕她，她不敢把你怎麼樣。

三十二、慶祝十六歲生日

上次關蘇月去凱莉張家參加生日聚會，是坐公交車去的，這次凱莉張請她吃晚飯，她也打算坐公交車去，她覺得坐公交車去凱莉張家也很方便，但凱莉張堅決不肯，說坐公交車太慢了，一定要開車來學校接她，關蘇月也就依了她。星期六下午，凱莉張開車來接她，坐凱莉張的車確實快很多，只要二十來分鐘就到了她家。

凱莉張把車停在門前的私家車道上，兩人下車，沿著一條水泥路來到門口。凱莉張按了一下門鈴，門開了，一個亞裔中年婦女站在門口。女人齊耳短髮，穿一件月白色襯衣，外套一件墨綠色坎肩，繫著一個圍裙。女人的嘴唇和臉型很像凱莉張，關蘇月想這一定是凱莉張的母親了。她說：「張阿姨好！」女人微笑著說：「蘇月，你好！凱莉經常說起你，歡迎你來我家做客。」

她們進屋後，凱莉張的母親進廚房做飯去了，凱莉張領著關蘇月在客廳的沙發上坐下。凱莉張問關蘇月想喝什麼飲料？關蘇月說：「喝水就行。」凱莉張給關蘇月倒了一杯過濾水，又把幾個裝著杏乾，開心果，巧克力豆等零食的盤子端了過來，放在咖啡桌上，要關蘇月吃。

關蘇月拿了一粒巧克力豆放在嘴裡，問凱莉張，你爸爸呢？他不在家？

凱莉張說：「我爸爸在後院修整花圃，他喜歡園藝，我家的前後草坪和花圃都是他在打理，一到週末他就在園子裡忙，這是他的愛好，我帶你去看看。」

凱莉張帶著關蘇月穿過餐廳和廚房，來到起居室。起居室後面有兩扇滑動玻璃門，從玻璃門望出去，可以看到整個後院。凱莉張家的後院圍著一人高的木柵欄，中間有一條麻石板鋪成的小徑，小徑兩邊是梯田狀的花圃，一級一級往上延伸。凱莉張的父親正在給花圃四周鋪上一圈三角形紅磚。凱莉張的父親個子很高，捲捲的黃頭髮，雕塑般的五官。關蘇月覺得凱莉張的長相繼承了她父母親的優點。凱莉張伸手要拉開玻璃門，被關蘇月制止了，說：「你爸爸正忙著呢，我們就不去打攪他了。」

張阿姨做了一頓很豐盛的晚餐，有黑椒牛排，蔥爆大蝦，家常豆腐，回鍋肉，還有一盤炒菠菜。張阿姨很熱情，也很愛笑，關蘇月在她面前一點都不感到拘謹。

張阿姨問關蘇月是哪裡人？

關蘇月說：「我是湖南人。」

張阿姨問：「你在美國生活得習慣嗎？」

關蘇月說：「還行。」

張阿姨問：「你離家那麼遠，想不想父母？」

關蘇月說：「還好，我和父母每週都通話，還經常視頻，也沒有覺得離得很遠。」

張阿姨說：「現在的通訊多發達呀，這在以前，是想都不敢想的事。記得我當初來美國的時候，想父母了，只能拿著照片看，躲在被窩裡偷偷流眼淚。那個時候只有國際長途電話，可是太貴了，我哪裡敢打。」

張阿姨看關蘇月只夾自己面前盤子裡的菜，便起身把稍遠一點的菜盤調換過來，說：「蘇月，你在這裡千萬不要客氣，就像在自己家裡一樣，愛吃什麼夾什麼。」

關蘇月說：「張阿姨，我會的。」

張阿姨說：「我聽凱莉說，你會彈鋼琴吹長笛，而且都特別棒，達到專業水準了。」凱莉小的時候，我也想讓她學一門樂器，要她學小提琴，可她不願意學，還把琴弦故意弄斷了，和我對著幹，現在她也知道後悔了，對我說：「媽咪，你當初要是強迫我學小提琴就好了。」」

凱莉張對關蘇月偷偷做鬼臉，又是搖頭，又是撇嘴的，意思是要關蘇月不要聽信她母親說的話。關蘇月很想笑，但只能忍住。凱莉張的父親話不多，禮貌性地和關蘇月說了幾句話後，便把話語權交給了妻子，自己只是埋頭吃飯。凱莉張的父親也和她們一樣，拿著筷子吃飯，他使用筷子也相當熟練，看樣子經常用筷子吃飯。凱莉張的父親雖然說中文不行，但還是聽得懂一些中文，有時也插上一兩句英文，逗得凱莉張和張阿姨大笑起來，關蘇月雖然聽得懂凱莉張父親說的字面意思，但卻領會不到內涵，沒有覺得特別好笑，但看到凱莉張和她母親笑得歡暢，也跟著她們笑，心裡想，凱莉張的父親說話一定很幽默。

吃完飯，收拾完餐桌後，凱莉張端上來一個漂亮的生日蛋糕，上面有鮮艷的草莓和碧綠的獼猴桃，周圍是一圈潔白的奶油花邊。凱莉張在蛋糕中間插了一根紅色的蠟燭，圍著紅蠟燭插了六根彩色的小蠟燭。凱莉張把蛋糕上的蠟燭點燃後，對關蘇月說：「蘇月，你閉上眼睛，在心裡許一個願。」這之前，關蘇月並沒有想過許願的事，這時，她閉上眼睛，心裡說：「願生活每天都有快樂！」雖然這是關蘇月第一次離開家過生日，而且還是遠在太平洋的另一端，但她並不覺得孤獨，她覺得挺充實，挺快樂的。

三十三、做了費迪南的女友

這個星期天，關蘇月去浴室洗了頭，把頭髮用吹風機吹乾後，從抽屜裡拿出化妝盒，對著鏡子細心化起妝來。她先往臉上抹了一層薄薄的粉底液，抹完後又撲了一點粉，然後開始修理眉毛，描眼線，塗眼影，最後是塗口紅。化完妝，關蘇月看著鏡子裡的自已，臉蛋變得白淨光潔，滋潤了很多，眼睛顯得大而有神，嘴唇也更加紅潤飽滿了。她對鏡子裡的自己很滿意。關蘇月的頭髮來學校後就沒有剪過，現在已經長到過肩了，平時為了省事，她都是把頭髮紮成一條馬尾辮垂在腦後。今天，關蘇月想換一個頭髮式樣，她沒有把頭髮紮起來，而是讓一頭黑色光澤的頭髮自然披在肩上。關蘇月走到穿衣鏡前面，對著鏡子前後左右照了照，覺得披肩頭髮看起來怪怪的，也顯得老氣了很多，她還是喜歡那根紮在腦後的馬尾辮。於是，關蘇月又把頭髮重新用橡皮筋紮起來垂在腦後。

梅蘭妮看見關蘇月化妝，問她，蘇月，你們樂隊今天有演出呀？

關蘇月搖頭說：「我們樂隊沒有演出。」

梅蘭妮說：「那你今天怎麼化起妝來了，真是太陽從西邊出來了。」

關蘇月笑笑說：「我就是心血來潮，突然想化妝了。」

梅蘭妮疑惑地說：「不對吧，你肯定有什麼事，突然，梅蘭妮像發現新大陸似的，蘇月，你是不是有男朋友了，要去和男朋友約會？」

關蘇月一時語塞，心裡覺得有些內疚，她已經成功說服梅蘭妮相信費迪南不是她的男朋友，但現在，她出爾反爾了。

梅蘭妮把關蘇月的反應當作是默認，追問道，你的男朋友是誰，是我們學校的還是外校的？

這時，關蘇月的手機滴答響了一下，關蘇月拿起手機，見是費迪南的短信，告訴她，他已經到學校了，現在在宿舍樓門口等她。關蘇月隨即回覆，我馬上下來。關蘇月把手機放進包裡，對梅蘭妮說：「等我回來再告訴你。」關蘇月把早已準備好，放在床上的羊毛衫和黑白格子短裙穿上，外面套了一件淺灰色薄呢外套。

關蘇月走出宿舍門，看見費迪南站在大門口的臺階上，他穿了一件黑色皮夾克，下面是一條卡其褲，耐吉球鞋。費迪南看見關蘇月，上下打量了她幾眼，走上前拉住了她的手，說：「蘇月，你今天真漂亮！」關蘇月的臉一下子紅了，但她沒有抽出手來，相反，她還用手指頑皮地刮了一下費迪南的手掌心，費迪南把她的手握得更緊了。

迪奧里高中學生宿舍有兩棟樓，分別叫做宿舍東樓和宿舍西樓，兩個樓是相通的。從宿舍樓去停車場有兩條路，一條路是出了宿舍門直走，過了體操房和禮堂後往左轉；另一條路是出了門往西走，一直走到宿舍西樓的盡頭，然後往右轉。關蘇月和費迪南手拉著手，沒有走那條直走的路，而是轉彎往西走，一直走到宿舍西樓的盡頭。啦啦隊長傑奎琳就住在宿舍西樓，關蘇月這是有意要讓傑奎琳看見她和費迪南手拉手一起走，她要用這種方式報復傑奎琳。雖然關蘇月不知道傑奎琳現在是不是在宿舍裡，但沒有關係，即便傑奎琳本人沒有看見這個場面，她的啦啦隊同伴們也會告訴傑奎琳的。

費迪南當然不知道關蘇月的這點小心思，他對關蘇月說：「蘇月，我今天要帶你去一個叫聚福樓的中國餐館，你一定會喜歡。」

關蘇月問他，你以前去過那裡嗎？

費迪南說：「這家餐館是今年新開張的，我還沒有去過。」

費迪南上車後，並沒有馬上繫安全帶，而是側過身子，伸出胳膊摟住關蘇月，在她臉上迅速親了一下。關蘇月嚇了一跳，臉上頓時火辣辣的，這是她第一次被男生親，腦子裡暈暈乎乎的，半天沒有回過神來。費迪南坐正身子，拉過安全帶繫上，說：「我小時候很喜歡幻想，當知道太平洋彼岸有一個中國後，便想去那裡玩，怎麼去呢，我想呀想，想出了一個辦法」，費迪南說到這裡，看了一眼關蘇月，問她，你在聽嗎？關蘇月說：「我在聽。」費迪南接著說，我拿了一把小鋤頭，在我家後院開始挖地，我對父母說：「我想挖一條海底隧道去中國。」關蘇月被逗笑了，雖然她敢百分之百斷定，這是費迪南臨時編出來的。

聚福樓在距普羅多納市三十多邁以外的一個小鎮裡。他們到達那裡時，餐館前面的停車場已經停滿了，費迪南只好去附近找停車的地方，開了半個街區，總算在路邊找到了一個停車位。停好車，他們步行走回來，餐廳外面已經聚集了十幾個人在等著用餐。

費迪南進去拿了號出來，對關蘇月說：「我們前面還有六個號，大約要等十幾分鐘。」關蘇月看見在外面等著的人，有亞裔人，白種人，墨西哥人，心想，這家中餐館一定很受歡迎，只是不知道是屬於哪個菜系的。

叫到他們的號了，站在門口的服務生領他們進去。餐廳裡面的空間還不小，中間擺著五六張大圓桌，兩邊是火車廂式的四人座。他們隨服務生往裡面走，關蘇月看見那些大圓桌上擺了一個個小蒸籠，還有裝著各種食物的小碗小碟，原來這是一家早茶餐館。

這家早茶店不是點菜制，而是服務員推著一輛輛小車把食物直接送到每張餐桌邊，讓客人隨意選擇。關蘇月覺得這種方法在美國倒是挺實用的，讓那些從來沒有見過中國點心的美國人大開眼界，這些做工精美的中國點心會讓他們的食慾大增。

兩人坐下來後，一個服務生推著小車走了過來，小車上面是熱氣騰騰的小蒸籠，服務生把蒸籠蓋依次打開，關蘇月看見裡面有小籠包，叉燒包，奶黃包，蓮蓉包。費迪南從來沒有看見過中國的包子，帶著問號的眼光落在關蘇月的臉上。關蘇月介紹說：「這些東西是用發酵的麵粉做的，有些像美國的麵包，但裡麵包著不同的餡，而且，它們也不是在烤爐裡烤熟的，而是隔水蒸熟的。」

費迪南要關蘇月點，關蘇月點了一籠小籠蒸包，她把蒸籠推到費迪南面前，要他夾一個嚐嚐。費迪南拿了一雙筷子去夾小籠包，夾的姿勢很別扭，叫關蘇月忍不住想笑。費迪南倒是很快就夾起了一個熱騰騰的小籠包，他也不管包子燙不燙，就直接往嘴巴裡面放，關蘇月叫起來，Stop!費迪南，包子很燙的，你要先吹吹才能吃。關蘇月這一叫不要緊，費迪南驚得手一抖，包子夾不住了，掉在了桌子上。關蘇月這時再也忍不住，大笑起來。在關蘇月的笑聲中，費迪南伸手抓起掉在桌子上的小籠包，一把塞進了嘴裡。

費迪南把小籠包嚥下去後，見關蘇月還在笑，對她做了一個自嘲式的鬼臉。關蘇月收住笑，問他，你覺得小籠包的味道怎麼樣？費迪南豎起大拇指，說：「很好吃。」關蘇月說：「好吃，就再吃一個。」費迪南又吃了一個，吃完後，他對關蘇月說：「他還要留著肚子吃其他好吃的東西。」

又一輛小車來到他們餐桌邊，上面有黑椒牛骨仔，蒸排骨，蒸雞腳，燒賣，糯米雞。關蘇月要了一碟燒賣和一碗蒸排骨。一輛一輛小車經過，關蘇月又點了水晶蝦餃，酥皮蛋撻，北京烤鴨，涼拌黃瓜，炒粉，擺了滿滿一桌子。其中，北京烤鴨是關蘇月專門為費迪南點的。關蘇月對費迪南說：「北京烤鴨不僅代表北京美食，也代表中國美食。」費迪南對北京烤鴨是讚不絕口，看得出，他是真的很喜歡吃北京烤鴨。

這頓早茶午飯，兩個人都吃得很開心。這也是關蘇月來美國以後吃得最開心的一頓飯。

吃完飯，費迪南看看手錶，說：「蘇月，現在時間還早，不如我們去電影院看一場電影怎麼樣？」關蘇月一時沒有回答，她還有些猶豫。費迪南又說：「電影院就在附近，不用開車，我們走路去，轉個彎就到了。」關蘇月答應了，反正時間還早，看完電影後回學校，還趕得上吃晚飯。

電影院在一家大商場內，進門的牆上貼著大幅電影廣告，這家電影院同時在上映六部影片，有動作片，卡通片，劇情片，言情片，喜劇片。費迪南問關蘇月想看哪部電影？關蘇月反正一個也沒有看過，便說隨便哪個都行。費迪南選了一個劇情片，說他幾個朋友看了，認為不錯。費迪南買了電影票後，又去旁邊的零售點買了兩瓶可樂和一大罐爆玉米花。門口有人檢票，但進到電影院裡面，關蘇月發現裡面有六個電影廳，每個電影廳放不同的電影，電影廳門口沒有人查票，你可以隨便進任何一個電影廳。關蘇月不由得想到，這也太容易逃票了，你只要買一張電影票，就可以不出來，看完一場後換一個電影廳再看下一場。費迪南說：「這叫串場子，是不允許的，工作人員有時會查票，如果逮住了，罰款會很重。」

他們走進電影廳，裡面只有十來個人，稀稀疏疏坐得很分散，他們在倒數第二排靠中間的位置坐下來。屏幕上一遍又一遍在播放電影預告，他們邊看預告邊吃爆米花，爆米花快吃完了，電影才開演。電影的內容是一對年輕夫婦開車去美國大西北旅遊的故事。雖然這部電影屬於PG13（十三歲以上兒童可以觀看），但影片中仍然有一些摟摟抱抱親嘴接吻的場面。關蘇月看得臉紅心跳，費迪南坐在旁邊，越加讓她感到不自在，心裡後悔不該和費迪南一起來看電影。

費迪南的手伸了過來，輕輕摟住了關蘇月的肩膀，關蘇月沒有動，但心跳卻在加速。費迪南見她沒有拒絕，大膽起來，低下頭吻她的臉，然後嘴唇漸漸下移貼在了她的嘴唇上，關蘇月聞到了他嘴裡薄荷口香糖的味道，她把嘴唇抿得緊緊的，一顆心跳得越來越快，好像就要從口腔裡蹦出來了。費迪南在她嘴唇上親了兩下，然後放開了關蘇月。

這場電影演了什麼，關蘇月根本沒有看進去，腦子裡暈乎乎的，她聽到周圍的觀眾在大笑，她不知道他們在笑什麼。關蘇月用眼角的餘光掃了一眼費迪南，他也在大笑，看樣子，費迪南是看進去了，不像自己，坐在電影院，傻乎乎地像掉了魂一樣。關蘇月對自己很不滿，覺得這是一種幼稚和不成熟的表現。她深深吸了幾口氣，想讓自己平靜下來。這時電影結束了。

三十四、做費迪南女友的日子裡

自從關蘇月和費迪南拉著手在學生宿舍前走了一趟秀後，他們的關係便公開了。關蘇月發現對她關注的人多起來了，尤其是女生，看她的眼神裡面有羨慕也有嫉妒。那些平時大大咧咧的校橄欖球隊的男生們，以前看見關蘇月就像見到陌生人似的，現在看見關蘇月，也跟她說嗨了，好像他們早就認識一樣，雖然關蘇月一個也不認識，頂多看著面熟而已。就這樣莫名其妙的，關蘇月在學校裡的知名度一下子提高了，這是關蘇月從來沒有想到過的。

梅蘭妮羨慕得不得了，她直言對關蘇月說：「我要是有一個校球隊的男朋友，我做夢都會笑醒來。」

儘管關蘇月和費迪南的關係在迪奧里高中傳開了，但關蘇月的父母親還蒙在鼓裡，一點都不知情。關蘇月也不想告訴他們，她很清楚，如果父母親知道她有男朋友後會是什麼樣的反應，尤其是母親，母親對擅長體育的男孩一直有偏見，認為他們四肢發達，頭腦簡單。關蘇月不想在這件事情上和父母爭吵，也不想讓父母不高興，反正隔著太平洋，天遠地遠，她不說，父母就不會知道。關蘇月對自已還是很自信的，她相信自已會處理好這件事，她給自己定了兩條底線，第一，她不會因為和費迪南處朋友而影響學習，第二，她會保護好自已，不會和費迪南做出什麼越軌的事。

現在，關蘇月中午吃飯時不再和凱莉張或其他好友在一起，而是加入到費迪南那一桌去了。平時，費迪南都是和他的三個鐵桿朋友一起吃飯，丹尼爾，盧克，喬納森，他們都是足球隊隊員，喬納森的女朋友勞倫也和他們在一起吃飯。盧克原來有一個女朋友，關蘇月見過她兩次，後來就再沒有在餐桌上見過她了，聽費迪南說：「盧克和他的女朋友已經分手了。」關蘇月沒有看見盧克有多麼難過，完全是一副揮一揮衣袖，不帶走一片雲彩的瀟灑樣子。

勞倫長得很漂亮，她是義大利後裔，有一雙烏黑閃亮的眼睛，長長的睫毛，很活潑，喜歡笑，笑起來聲音像銀鈴一樣悅耳。勞倫也喜歡體育運動，她還是學校網球隊隊員。

費迪南每天的時間都是排得滿滿的，除了正常上課外，下午三點鐘以後還要參加球隊訓練或者和校外的球隊比賽。校橄欖球隊幾乎每週都有賽事，尤其在週末，不是和本州的高中校隊打就是和外州的校隊打。作為費迪南的女朋友，關蘇月現在多了一項義務，那就是經常性地觀看校球隊比賽，為本校校隊加油喝彩，充當業餘拉拉隊員的角色。當然，這些都不是費迪南要求她做的，但她覺得應該這樣，因為其他球員的女朋友也是這樣做的。這對關蘇月本人來說：「確實是一個很大的改變。」

關蘇月在體育方面比較差，扁平足，彈跳力差，也跑不快，在體育方面還特別弱智，舉個例子，像拍球這樣簡單的動作，別的女生一學就會，但關蘇月就是拍不好，別人拍球都是手腕關節活動，一上一下，她拍球時，是手腕不動肘關節動，怎麼糾正都不得要領。正因為體育方面的短項，關蘇月對體育活動不感興趣，潛意識裡也不看重體育，對自已的要求也只是做到體育及格，不影響升學就行了。不過關蘇月會游泳，雖然不是游得特別好，但至少掉到水裡不會淹死。那是因為她家住在江邊，江水每年都要淹死人，關蘇月的母親擔心關蘇月的安全，在她讀小學一年級的時候，給她報了一個游泳班。這樣，關蘇月在游泳班學會了游泳。

來到迪奧里高中後，美國學生對體育運動的熱愛，特別是球類活動的參與和熱愛，讓關蘇月感到吃驚。有時在課堂上，不僅同學們聊球賽，老師也參與聊球賽，往往聊了一會後，老師才意識到講課跑題了，又回到主課上來。在中國學校，學霸是讓人羨慕的，而在美國學校，所謂的霸好像倒過來了，學霸不吃香，反而是球霸吃香了。

但關蘇月要融入費迪南的朋友圈不是一件容易的事，這不僅僅是因為語言和文化背景的差別，而是他們的談話內容很少有關蘇月感興趣的。他們有時說一些八卦新聞，關蘇月對他們八卦的人一個也不認識，開一些低俗玩笑，聽得關蘇月面紅耳赤，當然，他們聊得更多的還是球賽，不只是橄欖球，足球，還有籃球，棒球，只要說起球賽來，一個個神采飛揚，眉飛色舞，滔滔不絕，而關蘇月在一邊聽著，就會覺得很無聊，她開始懷念起和凱莉張一起吃午餐的日子來。

這樣過了半個多月以後，關蘇月終於無法忍受了，她對費迪南說：「我想和我的朋友們一起吃中飯。」費迪南聽了詫異道，你和我的朋友在一起，覺得不舒服嗎？關蘇月說：「不能說不舒服，只是……只是我更願意和我的朋友在一起，我們有更多的話說。」費迪南顯得很寬容，說：「如果你覺得和你的朋友在一起更開心的話，那你還是和她們一起吧。」關蘇月原來還擔心費迪南會因此不高興，看到他並不計較，於是關蘇月又回到自已原來的餐桌和凱莉張一起吃飯了。

三十五、中學生科技展遇見喬斯

全美數學邀請賽的成績出來，迪奧里高中全軍覆沒，沒有一個學生通過全美數學邀請賽。關蘇月對於自己沒有通過邀請賽考試倒不感到意外，事實上，考試那天，關蘇月在拿到試卷以後，就知道自己的考試結果了。但迪奧里高中居然沒有一個學生通過，關蘇月還是多少覺得有些意外。凱莉張說：「迪奧里高中剃了光頭不奇怪，沒剃光頭才奇怪呢。」凱莉張的話讓關蘇月想起了喬斯．威爾遜，那個通過了全美數學邀請賽和奧數選拔賽，卻自願放棄去國家奧運隊集訓的神童腦袋。

一年一度的中學生科技展覽會在迪奧里高中舉行。科技展廳設在學校的大禮堂，除迪奧里高中外，還有附近幾個中學參與。科技展廳劃分了十個展區，有物理化學，植物，工程，天氣環境，醫學，微生物，生物學等。每一個展區有十幾個展臺。來看科技展覽的，除了學校的學生和老師外，還有學生家長和一些科研愛好者。

關蘇月上午最後一節沒課，便去大禮堂看科技展覽會。關蘇月在國內還沒有接觸到科學研究這個領域，對科學研究的概念是陌生的。而在美國，小學四年級就開始了科研啟蒙教育，小學高年級就舉辦科研展覽會。

走進生物學展區，迎面懸掛著一條橫幅「探索生命的奧秘」。這幾個字是由一個個彩色細胞串聯在一起組成的，很有立體感。關蘇月的心裡一動，想起表弟傑克說過，他今後想研究生命的奧秘，研究人體神秘的細胞。

在第三展臺，關蘇月看見了喬斯．威爾遜。他正在展臺前和一個戴眼鏡的男子交談。眼鏡男子三十多歲，關蘇月在學校裡沒有見過眼鏡男，猜想他可能不是迪奧里高中的老師。眼鏡男在問喬斯．威爾遜一些問題，喬斯．威爾遜回答他的問題時，不時用手指點著海報上的圖表。他說話時，額上的頭髮垂下來，他不時往後撩一下頭髮。關蘇月覺得喬斯．威爾遜長得有點像年輕時的布拉德．皮特，連頭髮的顏色和式樣都像。關蘇月在邊上站了一會，見他們還沒有說完，便走到稍後一點的地方看起海報來。喬斯．威爾遜研究的題目叫「貓對聲音刺激的情緒反應和腦電波變化」。研究海報分為摘要，前言，實驗步驟，結果和分析，未來展望幾個部分。海報上貼著幾張實驗貓的照片。一張照片是貓帶著一個彩色頭套，上面有很多電極從頭套裡伸出來，連在一個儀器上，儀器的顯示屏上記錄著腦電波活動曲線。還有兩張照片是貓在接受聲音刺激時，臉部出現的表情變化。關蘇月看了一遍摘要，她看得有些費勁，其中有些字不認識，只能根據前後文猜。雖然不是完全看懂了，但還是學到了一些知識，原來關蘇月只知道貓的鬍子是重要的感覺器官，可以幫助捕捉獵物，現在，她知道了貓的聽覺也是非常靈敏的，遠遠超過人類的可聽範圍，像高頻的老鼠叫聲，人類根本聽不見，但貓能聽見。

眼鏡男走後，喬斯．威爾遜看見關蘇月，認出了她，主動伸出手說：「我叫喬斯．威爾遜，你可以叫我喬斯，你叫什麼名字？我還不知道你的名字呢。」

關蘇月說：「我叫關蘇月，你叫我蘇月好了。」

喬斯認真地問：「蘇月的名字怎麼拼寫？」

蘇月說：「S-U-Y-U-E，蘇月。」

喬斯跟著說了一遍，但他發不好「蘇月」這兩個字的音，說成了「秀右」，問她，我的發音對嗎？

蘇月笑著說：「Very good。」所有認識她的美國人都叫她秀右，開始，她還想糾正他們的發音，可是沒有用，老美的舌頭就是轉不過來。不過，她現在也已經聽習慣了。

喬斯問她，你是從哪個國家來的

關蘇月調皮地眨眨眼，問他，你覺得我是從哪個國家來的？

喬斯頭偏了一下，額上的頭髮垂下來，他把頭髮撩上去，說：「我覺得你應該是從中國來的。」

關蘇月笑，你猜對了，我是從中國來的。

喬斯問關蘇月，你看了我的研究海報吧，有什麼評論？

關蘇月說：「你的研究項目挺好的，很有意思，你的實驗是在我們學校做的還是在外面做的？」

喬斯說：「我們學校沒有這樣的設備，我是去州立大學醫學研究中心做的實驗，那裡有我需要的儀器設備。」

關蘇月問：「你是怎麼聯繫到州立大學醫學研究中心的？」

喬斯說：「我是通過科研雜誌上發表的研究論文找到文章作者的聯繫地址，然後把我的研究計劃寄給作者，得到他的支持和合作，這樣，我就可以用他實驗室的儀器和設備來做研究項目了。」

關蘇月聽了，覺得喬斯真是了不起，心裡對他很佩服。她又問起別的感興趣的問題來，喬斯，你的實驗貓是從哪裡買來的？是在寵物商店買的嗎？

喬斯說：「我是從實驗動物中心買的，做實驗的貓不是寵物，不能在外面市場上買。」

關蘇月又問：「你做實驗時，貓聽話嗎，它們會聽你的指揮嗎？」

喬斯笑了，貓才不會聽我的指揮呢，只會瞎搗亂。不過，我學會了和貓打交道，你得摸透貓的脾性，不能把貓惹惱了……這時，有人走過來問喬斯一些問題，關蘇月於是和喬斯告別，去看別的展臺，看完生物展區，關蘇月覺得，生物學真是一個很有趣，也很有挑戰性的領域，難怪表弟喜歡生命科學。

三十六、費迪南的朋友欺凌梅蘭妮

星期六上午，學校交響樂隊要去一個慈善機構的募捐會，為募捐會演出，同時去的還有學校戲劇社的成員。上午九點鐘，參加演出的學生在停車場坐校車，梅蘭妮是最後一個上來的。梅蘭妮上車後掃視了一下車廂，車上還有兩個空座位，一個在第四排，靠走道，另一個座位靠窗，在第六排。梅蘭妮開始是想坐在四排靠走道的座位上，但等她走過去的時候，坐在第四排靠窗位置的男生，卻搶在她之前換到了靠走道的那個座位上，男生的行為分明在告訴梅蘭妮，他不歡迎她坐在旁邊。剎那間，校車裡一雙雙眼睛都聚焦在梅蘭妮的臉上，梅蘭妮的臉頓時變得通紅，她咬了咬嘴唇，繼續往後面走，當梅蘭妮走到第六排座位時，坐在靠走道座位的男生戴一副耳機，兩腿叉開，閉著眼睛在聽音樂，一副身心陶醉的樣子。梅蘭妮尷尬地站在過道裡，進退兩難，淚水在她眼裡晃動，眼看就要掉下來了。

關蘇月和費迪南也在這輛校車上，兩人沒有坐在一起，費迪南坐在第五排過道邊，關蘇月坐在倒數第二排靠過道的座位上，正在和一個樂隊女生說話。關蘇月看到這個情景，很生氣，她站起來，上前拉住梅蘭妮，說：「蘭妮，你就坐在我的座位上。」關蘇月往前走到第四排，壓低聲音對坐在走道邊的男生說：「丹尼爾，請你讓一下。」丹尼爾看看關蘇月，嘴角咧開笑了笑，把屁股挪過去，坐回到靠窗的位置，給關蘇月讓出了座位，關蘇月坐下來後，回過頭狠狠瞪了一眼坐在後排的費迪南。關蘇月對費迪南很生氣，丹尼爾是費迪南的好朋友，費迪南居然無視他的好朋友欺負梅蘭妮！

演出結束後，大家坐校車回學校。關蘇月上車後，徑直往後面走，坐在最後一排靠窗的位置。費迪南上車後，看見關蘇月坐在後面，過來和她坐在一起。關蘇月看了他一眼，沒有說話，眼睛望著窗外。關蘇月腦子裡還在想著上午梅蘭妮坐校車被人欺負的情景，她想起梅蘭妮告訴她，有人往她的存物櫃裡放狗屎。她不由得懷疑起來，往梅蘭妮存物櫃裡放狗屎的人，是不是也是費迪南的朋友那一夥人？關蘇月想不明白的是，費迪南的朋友為什麼要欺負梅蘭妮？梅蘭妮究竟在什麼地方得罪了他們？

校車開回學校停車場。大家下車，關蘇月和費迪南走在最後。費迪南問關蘇月，蘇月，你今天怎麼啦，我看你有些不高興。

關蘇月說：「我是不高興。她看看費迪南，你知道我為什麼不高興嗎？」

費迪南說：「我不知道，所以我才問你。」

關蘇月直率地說：「我在生你的氣。」

費迪南一頭霧水，問她，你生我的氣了，我沒有惹你生氣呀。

弄了半天，費迪南還不知道她生氣的原因。這就是說，今天上午在校車裡，費迪南根本沒有察覺到她狠狠瞪了他一眼，或者說費迪南看見她瞪眼了也沒有當一回事。關蘇月心裡更加生氣了，她對費迪南說：「今天上午坐校車的時候，丹尼爾不給梅蘭妮讓座，你明明看見了卻當做沒有看見似的，也不制止他。」

費迪南說：「丹尼爾不給梅蘭妮讓座是他的事，我為什麼要制止他？」

關蘇月說：「丹尼爾這樣做是不對的，他是在欺負梅蘭妮，你是他的朋友，你看見他做得不對，你就應該制止他。」

費迪南的臉變得難看起來，我再說一遍，丹尼爾不給梅蘭妮讓座是他的事，不是我的事。

關蘇月壓住火氣說：「丹尼爾今天就是做得不對，即便不是你的事，你也應該去阻止？丹尼爾是你最好的朋友。」

費迪南說：「我沒有覺得丹尼爾做得不對。」

關蘇月的眼睛瞪圓了，你的意思是，丹尼爾做得對，他應該欺負梅蘭妮？

費迪南說：「丹尼爾沒有欺負梅蘭妮，他不喜歡梅蘭妮，不願意和她坐在一起，他就可以那樣做。」

關蘇月反駁道，可是，那是校車，不是丹尼爾私人的車，憑什麼梅蘭妮不能坐。

費迪南說：「丹尼爾沒有說不要梅蘭妮坐校車，車上還有座位，梅蘭妮可以坐別的座位。」

關蘇月覺得費迪南簡直就是強詞奪理，沒有一點道理，但一時又想不出反駁的話，她想起梅蘭妮說的有人往她存物櫃裡放狗屎的事，問費迪南，如果有人往梅蘭妮存物櫃裡放狗屎的話，那算不算是校園霸凌？

費迪南警覺起來，他望著關蘇月，你這是什麼意思？

關蘇月說：「梅蘭妮告訴過我，有人往她的存物櫃裡放狗屎，並且還不止一次，但她不知道是誰幹的，我現在開始懷疑，這也是你的那些朋友們幹的？」

費迪南斷然否定，說：「不可能，我的朋友不可能做這種事。」

關蘇月說：「你怎麼知道你的朋友不會做這種事，你又不是他們肚子裡的蟲子。」

費迪南說：「如果他們做了就會說出來，我們之間沒有秘密。」

關蘇月不做聲了，她相信費迪南的話，費迪南和他的朋友們關係確實很鐵，有什麼話都會說出來，而且，費迪南的朋友們也不是那種小心眼的人，一個個大大咧咧的，很豪爽，屬於那種敢作敢當的人。不過，費迪南的朋友也不是什麼省油的燈，喝酒，抽煙，甚至還有抽大麻的，盧克有一次就提到過他抽大麻的經歷，當時，關蘇月聽了非常震驚，盧克居然吸毒。後來，關蘇月問過費迪南，你抽不抽大麻？費迪南說：「我不抽。」關蘇月又問：「你以前抽過大麻嗎？」費迪南猶豫了一下才說：「以前試過。」關蘇月追問：「你以前抽過幾次？」費迪南不耐煩起來，說：「都是過去的事了，與你沒有任何關係。」氣得關蘇月眼淚一下掉了下來，說：「怎麼不關我的事，我是你的女朋友，如果你抽大麻的話，我就要管，我不能看著你墮落。」費迪南看關蘇月哭了，一把摟過她，在她臉上親了一下，說：「蘇月，你放心，我不會抽大麻。」

關蘇月問費迪南，丹尼爾為什麼不喜歡梅蘭妮？

費迪南說：「沒有人喜歡梅蘭妮。」

關蘇月驚住了，問他，你們為什麼不喜歡她？

費迪南說：「你看她那副樣子，那種打扮，就是個失敗者（loser）。」

關蘇月從費迪南的眼裡看到了不屑，問他，你憑什麼說梅蘭妮是失敗者，你們並不了解她。

費迪南聳了聳肩，說：「這是一種直覺。」

關蘇月說：「你的直覺不對，梅蘭妮不是你想的那樣，她是一個很好的女孩，她的個人經歷也很坎坷。」關蘇月很想告訴費迪南，梅蘭妮是孤兒，父母在她小時候就離世了，她是在她叔叔家裡長大的，但話到嘴邊，關蘇月還是閉了嘴，她不能說：「她向梅蘭妮保證過，她不會把梅蘭妮的身世告訴任何人。」

費迪南說：「那又怎麼樣。」

關蘇月看著費迪南，心裡有一種深深的失望。

三十七、幫助梅蘭妮建立自信

Loser這個詞在美國學校用得很廣，失敗者可以指那些沒有理想，只是在學校裡混日子的人，像通常說的小混混，也可以指那些不合群，性格孤獨，沒有朋友的人，還可以指因為各種原因，比如腦子笨，體型肥胖，長得醜，有某種殘疾，土裡土氣，穿著打扮沒品味，家境貧窮等，被同學瞧不起的人，此外，也有人把同性戀或者有同性戀傾向的人稱為失敗者的。但在關蘇月看來，能稱為失敗者的人只有一種人，那就是自己不好好學習，還到處惹事生非的人。

梅蘭妮是一個很單純也很善良的女孩，她雖然學習不是很努力，也沒有什麼遠大理想，但她也不是那種想當花瓶，傍大款的人（英文叫Sugar Baby or Gold Digger）。梅蘭妮對關蘇月說過，如果她高中畢業考不上大學的話，她打算去某個社區學院或專科學院再讀兩年，她想做一個牙科保健師。關蘇月覺得梅蘭妮的想法很實際，她一點都不認為梅蘭妮是失敗者。

晚上，關蘇月和梅蘭妮在餐廳吃飯。

梅蘭妮吃了兩口披薩餅，抬起頭，對關蘇月說：「蘇月，謝謝你今天上午給我讓座，不然的話，我會成為大家嘲笑的話柄了。」梅蘭妮說著，眼圈一下紅了。

關蘇月問她，梅蘭妮，你沒有得罪過他們吧？

梅蘭妮看關蘇月，你說的他們是誰？

關蘇月說：「就是上午沒有給你讓座的男生。」

梅蘭妮搖頭，說：「我怎麼會得罪他們呢，我都沒有和他們說過話。」

兩個人默默吃完飯，把用過的碗杓盤子收起來送到指定的窗口，走出餐廳。

外面剛剛下了一場小雨，已經停了，地上還沒有完全濕透，空氣變得濕潤而清涼。兩個人慢慢走著。校園的夜晚有一種安寧的氣氛與空曠的靜謐，路燈把她們的影子投在地上，一會兒長，一會兒短，一會兒重疊，一會兒分開。快走到宿舍樓的時候，梅蘭妮說：「蘇月，你是一個好人，我把你當好朋友看，有些事我不想對任何人說，但我想告訴你，但你一定不要對別人說，這是我們兩人的秘密。」

關蘇月很鄭重地說：「梅蘭妮，你對我說的話，我保證不會對任何人說的，你放心好了，只有天知地知，你知我知。」

梅蘭妮說：「我們就在外面說吧，今天晚上的空氣真好。」

她們沿著宿舍前面的水泥路繼續往前走。梅蘭妮說：「我父母去世後，我在叔叔家住了六年，這六年，我受夠了嬸嬸的冷眼，在學校裡，因為我沒有父母，一些同學也欺負我，把我當loser看，所以，我想離開叔叔家，離開我讀書的學校，也離開印第安納州，我不停地給基金會寫信，要求去外州讀寄宿學校，後來基金會同意了我的請求，答應支付我去外州私立學校讀書和寄宿的費用。」我當時想得很天真，以為只要我離開印第安納州足夠遠，就沒有人知道我是孤兒，也沒有人知道我的過去，我就可以開始新的生活，再不會有人欺負我了。可是我沒有想到的是，來到迪奧里高中後，還是有人看我不順眼，欺負我。我好想我的媽媽，我經常做夢夢見她，蘇月，你說：「我媽媽在天上能看到我嗎？她看到我個這樣子，她一定會很傷心的……」梅蘭妮的聲音哽住了，關蘇月聽得鼻子發酸，不知不覺也掉了眼淚。

那天晚上，關蘇月很久沒有睡著，她想著梅蘭妮說的話，慶幸自己沒有把梅蘭妮是孤兒的事告訴費迪南。關蘇月很想幫助梅蘭妮，但卻不知道怎麼才能幫她。

星期六上午，關蘇月去練琴房彈了一會鋼琴，又去健身房練了一會啞鈴，從這個星期開始，她開始舉啞鈴，目的是增加自己的手臂力量。從健身房回來，關蘇月去浴室洗了一個淋浴，回到宿舍，看見梅蘭妮已經起來了，正在拆一個大紙盒。關蘇月知道她收到了一個快遞，開玩笑說：「梅蘭妮，恭喜你，你今天又得到了一個大禮品包。」梅蘭妮笑眯眯地說：「我看到網上有幾家服裝店衣服打折，買了一些衣服，覺得挺合算的，你如果感興趣的話，我可以把這些公司的網址發給你。」

關蘇月說：「好啊，你發過來我看看。」

紙盒子裡裝了幾個塑料袋，梅蘭妮把袋子裡面的衣物倒出來，攤在床上，五顏六色的衣物像水波一樣流光溢彩。梅蘭妮開始在穿衣鏡前試穿這些衣服，對著鏡子左照右照，身子轉過來扭過去。

關蘇月打開桌上的手提電腦，英語課老師這次布置了一篇閱讀分析文章，她還只完成了一半。對關蘇月來說：「數學和科學課（物理和化學）是她的強項，但英語課和歷史課則要弱一些，所以往往需要她花更多的時間來完成老師規定的作業。」

但今天，關蘇月顯得有些心不在焉，注意力老是集中不起來，半天才寫了一行字。這倒不是因為梅蘭妮在穿衣鏡前走來走去干擾了她的注意力，關蘇月在經歷過N次的干擾後，現在已經習慣了，在梅蘭妮服裝走秀的時候，她完全可以做到視而不見，心無旁騖的做自己的事，包括看書，寫論文，查資料這些需要專心致誌的事。

關蘇月在想著梅蘭妮的事。她想起費迪南昨天在操場說的話，你看她那副樣子，那身打扮；想起和梅蘭妮去餐廳，眾人向她掃過來的目光，梅蘭妮被科學課老師攔在教室外面，還有凱莉張說梅蘭妮穿衣服的品味不怎麼樣……關蘇月的腦子裡猶如一道電光閃過，豁然洞開，她覺得自己找到幫助梅蘭妮的辦法了，那就是首先從改變她的外在形象開始，換句話說：「她要幫助梅蘭妮改變以前的穿衣風格和化妝風格。」

關蘇月很興奮，為自已想出了一個幫助梅蘭妮的好辦法。但是，興奮之後，她又開始擔心梅蘭妮會不會聽她的建議呢？關蘇月的擔心是有根據的，以前她也勸過梅蘭妮，說她化淡妝好看，也說過她穿衣服搭配得不好，但梅蘭妮根本就聽不進去，口口聲聲說她要的就是與眾不同，還曾經不客氣地對關蘇月說過mind your own business（管好你自已的事），叫關蘇月很生氣，覺得自己的一片好心被梅蘭妮當成驢肝肺了，賭氣以後再也不管梅蘭妮的閒事了。

現在，關蘇月又要管起梅蘭妮的閒事來了，這回，關蘇月打定主意要管到底，不管梅蘭妮願不願意聽，她都要說：「她已經做好了苦口婆心，循循善誘的準備，誰叫她們是好朋友呢，好朋友就應該是這樣的。」

梅蘭妮試完衣服，又開始嘀嘀咕咕埋怨起來，說：「真沒勁，又買來一堆垃圾，可是這些衣服在網上看起來真的很好看，怎麼穿在身上就不是那麼一回事了。」梅蘭妮嘆著氣，把床上那堆她沒有看上眼的衣服重新折好，放進快遞袋子裡，準備退還給商家。

關蘇月說：「梅蘭妮，你買了什麼新衣服，給我看看。」梅蘭妮把她選中的三件衣服拿給關蘇月看，一件粉色T恤衫，胸前有一個戴墨鏡的小貓，墨鏡的鏡片不是畫上去的，居然是兩塊真的塑料片，還是活動的，可以取下來，一條毫無質感，腰部有一串黑色吊環的灰布裙子，一條帶有土黃色補丁的牛仔褲，那些補丁看上去就像是褲子上濺了幾塊泥巴。

關蘇月皺起了眉頭，說：「梅蘭妮，我覺得這些衣服都不合適你。」

梅蘭妮揚起了眉毛，為什麼不合適？

關蘇月坦率地說：「這些衣服看起來太沒有品味了。」

梅蘭妮說：「可是，我覺得它們很酷。」

關蘇月說：「那就要看什麼是酷了，你覺得這些衣服酷，可是我覺得這些衣服不但一點都不酷，還特別的俗氣。」

梅蘭妮聽了，眼睛往上翻了翻，說：「蘇月，你說什麼衣服才是酷？」

關蘇月說：「如果時間往前推兩三年的活，我會認為你買的這些衣服很酷，但我現在長大了，成熟了，我不再認為這些東西很酷。我覺得衣服有品味，搭配得體才是酷。」

梅蘭妮的眼睛不翻了，她盯著那幾件衣服，一副若有所思的神情。

關蘇月說：「梅蘭妮，你想不想聽聽我的建議？」

梅蘭妮看著關蘇月，你有什麼建議？

關蘇月說：「我覺得你應該改變一下你的穿衣風格，穿那些符合大眾審美標準的衣服，那些衣服更適合你，讓你看起來更成熟。」

梅蘭妮坐在椅子上，兩隻手托著腮幫，沒有說話，她的眼裡有猶疑。

關蘇月繼續說：「你難道不認為，穿一些有品味的衣服，能夠提升你的氣質，給你自信，讓那些看不起你的人對你刮目相看。」關蘇月停了停，又補充說：「如果你相信我的話，我可以給你做參謀。」

梅蘭妮看著關蘇月，蘇月，你真的認為如果我改變了穿著，他們對我的看法就會改變？

關蘇月點頭，我認為是這樣，那些人並不了解你，他們看的是外表，他們是在以外表取人。

梅蘭妮咬了咬嘴唇，說：「蘇月，你的話也許有道理，難怪費迪南喜歡你，你幫我看一看，哪些衣服適合我。」

梅蘭妮把她的衣櫥打開。好家夥！衣櫥裡面堆得滿滿的，簡直就是一個小型服裝店，除服裝外，還有很多的小飾品，小掛件，帽子，圍巾，包包等雜七雜八的東西。

關蘇月問梅蘭妮，這些都是你從網上買的？

梅蘭妮說：「大部分都是。」

關蘇月說：「你在你叔叔家住時，也是自己在網上買衣服嗎？」

梅蘭妮說：「以前不是的，都是我嬸嬸帶我去沃爾瑪買衣服，她每次都要等換季節的時侯才帶我去買衣服，因為那時會有過季節打折的衣服，就因為這，有同學給我取了一個綽號，叫「沃爾瑪時尚」。」

關蘇月沒有聽懂，問梅蘭妮，什麼是沃爾瑪時尚？

梅蘭妮說：「沃爾瑪是平民店，賣的東西要比別的商店便宜，這個綽號就是諷刺我穿的衣服都是從沃爾瑪打折買的，我很生氣，發誓以後再也不穿沃爾瑪的衣服，從此以後，我拒絕跟嬸嬸去沃爾瑪買衣服，我自己去商店或者在網上買衣服穿，我叔叔嬸嬸也管不了我，反正我也不花他們的錢。」

關蘇月問：「你叔叔嬸嬸不給你錢，你買衣服的錢是從哪裡來的？」

梅蘭妮說：「基金會每個月都給我一些零花錢，我把這些零花錢省下來買衣服穿。」

原來，梅蘭妮還有這樣一段令人心酸的經歷，這也解釋了梅蘭妮為什麼總在追求個性化，與眾不同。

梅蘭妮把衣櫃裡的衣服全都搬出來了，小山一樣堆在了地毯上，兩個人跪在地毯上，開始挑選衣服，關蘇月把那些花裡胡哨，式樣怪異，飾物繁多，質地低劣的衣服都扔到了一邊，最後從中間挑選出來十幾件衣物。關蘇月把這些衣物根據式樣和顏色搭配了一下，要梅蘭妮穿給她看看，梅蘭妮穿了，她也覺得很滿意，說：「蘇月，謝謝你，我都覺得自已好像變了一個人。」

在關蘇月的勸說下，梅蘭妮不僅改變了穿衣風格，化妝風格也改變了，從以前的濃妝變成了淡妝，幾乎是以一種全新的面貌出現在同學面前，她穿的衣服也變得大方得體起來。大家看梅蘭妮的眼光也在改變，從以前的嘲笑和不屑變成了驚訝甚至還有欣賞。梅蘭妮也感覺到了大家對她的態度的轉變，漸漸變得樂觀自信起來。

三十八、費迪南家裡派對

關蘇月和費迪南談朋友之後，兩個人雖然每天見面，但實際上他們能夠單獨在一起的時間並不多。關蘇月住校，每天晚上都有晚自習，兩人只有在週末才有時間在一起。關蘇月和費迪南約會時，有時是去聽音樂會或是看電影，有時去費迪南的朋友家裡玩，但關蘇月從來沒有去過費迪南的家。費迪南邀請過關蘇月，但關蘇月都找借口拒絕了。凱莉張曾經提起過，費迪南的父親是一個企業家，對子女很嚴厲。說者無心，聽者有意，這些話對關蘇月產生了一種無形的壓力，她有些懼見費迪南的父母，不知道見了費迪南的父母該怎麼說：「應該怎麼表現？為避免尷尬，她覺得還是不去費迪南家為好。」

費迪南大伯的小女兒結婚，下個星期六在芝加哥舉行婚禮，費迪南的父母和弟妹都要去參加他大伯女兒的婚禮，費迪南沒有去，他對關蘇月說：「他想趁父母不在家時，星期六在家裡開一個派對（party）。」關蘇月舉雙手讚成，這回，她可以毫無顧慮地去費迪南家了。

費迪南這次邀請的都是他在迪奧里高中的同學和朋友，大約有五六十個人。關蘇月想，這麼多人的一個聚會，要準備的東西一定少不了。她對費迪南說：「聚會那天，我可以來幫你做一些準備。」費迪南說：「其實也沒有什麼要準備的，聚會那天，我來學校接你，我們一起去採購一些食品和飲料就行了。」關蘇月說：「我們也沒有必要什麼都去買，我們也可以做一些吃的東西」，費迪南說：「沒有必要那麼麻煩，買就可以了」，又說：「我家裡經常開派對，我的派對，我父母的派對，當然我父母的派對不用我管，但我弟弟妹妹的派對，都是我來操辦的。」費迪南有一個妹妹和一個弟弟，妹妹在初中，弟弟在小學，他們都在私立學校上學。

派對那天上午，費迪南來學校接關蘇月，說：「我們今天只需要買些吃的東西就行了，盧克他們負責買飲料和一次性使用餐具。」費迪南帶她去了一家披薩店，費迪南在那裡定了十個特大號披薩餅，有奶酪，臘腸，雞肉和素食（蘑菇青椒橄欖）幾種披薩。費迪南把他家的地址給了店員，要他們下午八點鐘把比薩餅送到他家。然後，他們又去一家食品超市買了一些土豆片和椒鹽脆餅、杯子蛋糕。買完這些，費迪南說：「我們今天的任務完成了。」費迪南辦事的效率夠快的，一個五六十人的派對晚餐，費迪南用十個披薩就搞定了。難怪費迪南說不需要太多的準備。關蘇月想，聚會晚餐吃披薩餅還真是個不錯的主意，美國人都喜歡吃披薩，又省事又實惠。

兩人在麥當勞店吃午餐。

關蘇月問費迪南，你怎麼想到買比薩餅的？

費迪南說：「你是說開派對買比薩餅？」

關蘇月點頭。

費迪南說：「主要是方便省事，派對結束後，沒有那麼多食物殘渣，打掃衛生也很容易，把幾個披薩餅盒子扔到垃圾桶裡就完事了。」

關蘇月說：「你在家裡開派對，每次都買披薩餅嗎？」

費迪南說：「當然不是，比較正式的派對，如果我父母也在家的話，就不能這個樣子，今天晚上的派對，純粹就是好玩，大家熱鬧一下。」費迪南擠了擠眼睛，笑得有些神秘。

費迪南的家在普羅多納市東部，那裡是這個城市的富人區。寶馬車進入東城區後，街兩邊密集的商店建築物不見了，馬路兩邊是大片的草地和小樹林，剛剛長出來的嫩草毛茸茸一片，煞是好看，樹枝上掛著嫩綠的新芽，一棟棟別墅散落在樹木的掩映之中。

車子轉入一條私人車道，向前開了大約一百多米後，前面出現了兩扇黑色大鐵門。費迪南在車裡用遙控器打開鐵門，車子開進去，一棟豪華別墅出現在關蘇月面前。

別墅有兩層樓房，占地面積很大，別墅前面有環形車道，中間是一個花園，門前有兩根乳白色大理石門柱。關蘇月沒有想到費迪南的家竟是一棟豪宅，稱讚道，你家的房子好大好漂亮。

走進屋子裡，關蘇月感覺好像不是走進了一個家，而是走進了一家豪華賓館裡面。有漂亮的螺旋型樓梯，超大豪華的客廳，高雅的歐式家具，客廳一面牆是落地玻璃窗，可以看見外面的草坪和花圃，就像一幅大型立體風景畫。

他們把買的食物放在廚房裡。廚房也是超級大，有關蘇月家的雙客廳大，頂上掛著枝型吊燈，超大的三門冰箱是嵌入式的，所有的櫃臺都是大理石臺面，亮得晃人眼睛。

費迪南拉著關蘇月的手，帶她參觀一樓，關蘇月稀裡糊塗地跟著他走，反正她也弄不清方向。一樓有客廳，起居室，餐廳，廚房，浴室，每個都是超級大，關蘇月過去只在電視裡看到過的場面，現在是親臨其境，覺得有種做夢一樣的虛幻，很不真實。參觀完一樓，費迪南又拉著關蘇月來到後院，後院有游泳池，有一米高的熱水浴缸，還有一個涼亭，他們踏著臺階走上涼亭，從涼亭往普羅多納市中心望去，能看見那座哥德式教堂的白色尖頂和周邊的幾棟高樓大廈。

一樓參觀完後，他們回到起居室，費迪南把關蘇月拉到沙發上坐下，摟住了她，低下頭親她的額頭，眼睛，臉蛋，然後吻住了她的嘴唇，他吻得很熱烈，關蘇月被吻得喘不過氣來，微微張開了嘴，費迪南的舌頭趁機伸進了她的嘴裡，在她嘴裡像蠕蟲一樣攪動起來，他的一隻手壓在關蘇月的胸脯上，關蘇月突然感到一陣噁心，她一把推開費迪南，坐了起來。

費迪南有些困惑，喘著氣問關蘇月，你怎麼啦？不喜歡？關蘇月沒有回答，她低下頭，雙手捂住了自已的臉。費迪南想去掰開關蘇月捂在臉上的手，關蘇月不讓他掰，把臉扭到一邊。費迪南摟著關蘇月的肩膀說：「蘇月，你這是怎麼啦？感覺不舒服？」關蘇月把手放下來，也不看費迪南，低聲說：「我不喜歡你這樣對我（I don't like the way you did to me）。」

費迪南不解地問：「你不喜歡kissing？」不會吧，我們又不是第一次。

關蘇月沒有作聲，她的臉紅得像是抹了胭脂。費迪南做恍然大悟狀，你不喜歡我把舌頭伸進你嘴裡？

關蘇月說：「我不喜歡。」

費迪南嘴角向上一揚，壞壞地說：「蘇月，你現在不習慣，以後你會習慣的。」

這時，費迪南的手機響了，他從褲袋裡拿出手機，看了一眼，說：「喬納森的電話，他們現在應該到了。」果然，從揚聲器裡傳來喬納森的聲音，費迪南，我們現在就在你家的大門口，等著你給我們開門。費迪南站起身，按了一下牆上的遙控開關，對喬納森說：「你們進來後，直接把車開到後花園門口，我在那裡等你們。」

費迪南帶著關蘇月來到後花園，打開門，一輛黑色吉普開了過來，後面還有一輛灰色沃爾沃。車子開到他們面前停下來。前面車上下來的是丹尼爾和盧克，後面車上是喬納森和女友勞倫。勞倫把太陽鏡往上推到頭頂，和關蘇月擁抱了一下。勞倫穿一件一字領淺灰色棉麻衫，下身是緊身牛仔褲，灰色高筒靴，一雙腿顯得特別修長。關蘇月不由得讚道，勞倫，你穿這雙高筒靴好看，更突出了你的身材，你的長腿很漂亮！

勞倫很高興，說：「謝謝你的誇獎。這雙靴子是我外婆送給我的聖誕禮物，我今天是第一次穿。」

關蘇月說：「真的好看，喬納森一定也誇你了吧？」

勞倫朝喬納森看了一眼，說：「他呀，我穿什麼他都說好看，也不知道是不是真的。」

幾個男生把買的東西從後備箱裡搬出來，有一次性使用餐具，餐巾紙，成箱的礦泉水，可樂，雪碧等，最後從車裡搬出來的是酒，不僅有成箱的啤酒，還有葡萄酒，威士忌，伏特加，杜松子酒。關蘇月看見這麼多酒，明白了，怪不得費迪南要趁他父母不在的時候開派對呢，醉翁之意都在酒。關蘇月問勞倫，你們從哪裡買的這些酒？勞倫告訴她，他們是從Costco（好市多，美國最大的連鎖會員制倉儲批發店）買的。關蘇月想起上次在凱莉張家開生日聚會時，也是他們帶來的啤酒，問勞倫，他們怎麼會買到酒呢？美國法律不是規定要滿二十一歲才能買酒嗎？勞倫做了一個鬼臉，說：「這個……他們自有辦法。」真可謂魔高一尺，道高一丈。

三十九、派對喝酒狂歡

夜幕降下來，一輛接一輛的車子開進了費迪南家的院子裡。他家前面的空地很快停滿了，後面來的車子只能停在旁邊的草地上。因為不是正式派對，大家的衣著都很隨便，跟平時在學校裡沒有什麼不一樣。凱莉張帶來了一大盤煎餃，黃燦燦地冒著熱氣，散發著誘人的香味，令人垂涎三尺。煎餃剛擺到餐臺上，一雙雙手便迫不及待地伸了過來，凱莉張眼疾手快地趕緊抓了兩個餃子放在盤子裡，她把盤子給關蘇月，說：「蘇月，虧得我手快，不然你連餃子皮都見不到了。」餃子是韭菜肉餡，關蘇月和費迪南一人吃了一個。費迪南說：「蘇月，我去餐廳酒吧那邊看看，你去不去？」關蘇月說：「你先去，我一會兒過來。」

四月的天氣雖然開始變暖，但到了晚上，還是寒氣逼人。參加聚會的人，大多數都聚在室內，只有少數人留在外面。涼亭裡，有幾個人聚在一起抽煙說話，煙頭像螢火蟲一閃一閃。游泳池裡清澈的水在燈光下閃著碎銀一樣的波光，有幾個不怕冷的學生，居然跳進游泳池裡游泳，他們像魚一樣在池水裡穿梭，翻騰，撲通撲通濺起一片晶瑩的水花，游了一會兒，還是受不了夜的寒冷，嘴唇發青爬上來，打著哆嗦披上浴巾，衝進浴室裡。

一樓所有的燈都開了，燈光輝煌，人影幢幢，有的人端著飲料杯到處走動，也有聚在一起說說笑笑的，也有人在欣賞牆上的油畫。

關蘇月看見了傑奎琳。啦啦隊長這時從一張沙發上站起身，頭剛好轉過來面對著她，她的手裡拿著一個紙盤，盤子裡有一小塊剩下的披薩麵皮，兩人在毫無準備的情況下四目相對了，她們之間相隔只有不到兩米的距離，關蘇月的心一下子提了起來，如果傑奎琳要來什麼幺蛾子的話，現場目擊的就不只是兩三個人了，而是所有來參加聚會的迪奧里高中的學生，後果將難以設想……關蘇月擠出一絲笑臉和傑奎琳打招呼，傑奎琳也同樣以微笑回應。關蘇月暗暗鬆了一口氣，想自已剛才是不是多慮了。

關蘇月在起居室看見了凱莉張。此時的起居室已經變成了臨時舞廳。起居室裡的桌子和沙發都被移到了邊上，中間的空地變成了舞池。屋裡的音響開得很大，立體感很強，彷佛有一支樂隊在現場演出，屋頂都要被掀翻了。值得慶幸的是，費迪南家周圍五十米內沒有鄰居，即便今晚他家的音箱放爆了，也不用擔心會騷擾到鄰居，把警察叫過來。凱莉張和一些人正在舞池裡蹦迪。凱莉張看見關蘇月，招手叫她過來一起跳。關蘇月搖頭說：「我不會跳。」凱莉張說：「這種舞，沒有什麼會不會跳的，跟著節奏跳就行了。」關蘇月被她拉了進去，亂跳了一氣，腳步勉強跟得上節奏。

舞曲停了，大家散開來。凱莉張問費迪南在哪裡？關蘇月說：「他在餐廳酒吧。」凱莉張說：「費迪南肯定在和他那些朋友喝酒。」關蘇月說：「我去看看。」

餐廳的酒吧裡聚集了一群人，每人手裡不是端著酒杯就是拿著啤酒瓶，有人邊抽煙邊喝酒，空氣裡瀰漫著酒精味，煙味。費迪南手裡拿著一瓶啤酒和幾個朋友靠著酒櫃在說話，看到關蘇月，問她想喝點什麼？關蘇月說：「檸檬汁。」費迪南問她，不喝點酒？關蘇月說：「現在不想喝。」費迪南倒了一杯檸檬汁給關蘇月。關蘇月站在邊上聽他們閒聊，心不在焉地東張西望，她看見勞倫坐在吧臺那邊，便走過去，在她邊上的一張高背椅上坐下來，把手裡的杯子放在吧臺上。

勞倫看了看關蘇月放在吧臺上的杯子，裡面蕩漾著嫩黃色的檸檬汁液體，問關蘇月，你不喝酒？勞倫的手裡拿著一杯啤酒，琥珀色的氣泡在表面晃動。

關蘇月搖搖頭，說：「我對喝酒沒有興趣。」

勞倫問：「你在中國也不喝酒？」

關蘇月說：「在中國喝過酒，但不是喝啤酒，我不喜歡啤酒的味道。」

勞倫問：「你在中國喝的什麼酒？」

關蘇月說：「白酒，哦，是中國白酒，一種糧食酒，酒精含量也很高，我只能喝一點點。」

勞倫問：「你說的一點點是多少？」

關蘇月比劃著，用右手食指和拇指環成一個圈，說：「就是這麼大的小酒杯，酒蓋住了酒杯底，一小口。」關蘇月喝白酒是在除夕夜的餐桌上，一大幫親戚，不停地互相敬酒，她也喝了一點點。

勞倫哧哧笑起來，喝那麼一點點，也叫喝酒呀？

關蘇月說：「我覺得酒除了酒味外，沒有別的味道。」

勞倫瞇著眼睛看著關蘇月，說：「我會調雞尾酒，加了橘子汁或者菠蘿汁，除了酒味外，還有水果味，還有甜味，你想不想嚐嚐？」

關蘇月說：「當然想嚐，調雞尾酒的過程很複雜嗎？」

勞倫說：「一點都不復雜，你看我做就知道了。」

勞倫起身去酒桌那邊拿了一瓶已經打開了的伏特加，又去冰箱裡拿了一盒菠蘿汁。關蘇月去酒櫃拿酒杯，發現酒櫃裡的玻璃酒杯都被拿走了，只好拿了兩個一次性的透明塑料杯子，又去取了一些冰塊放在杯子裡面。

關蘇月回到吧臺時，勞倫已經把東西都準備好了，有伏特加，菠蘿汁，蘇打水，還有一個銀光閃閃的金屬瓶狀物。關蘇月不知道金屬瓶狀物是用來幹什麼的，問勞倫，勞倫說：「這是調酒器，用來調雞尾酒的。」

勞倫開始調制菠蘿雞尾酒。她先把杯子裡的冰塊倒入調酒器，然後依次加入伏特加，菠蘿汁，蘇打水，蓋上蓋子搖起來，搖了一會後，打開蓋子，把裡面的液汁加冰塊一起倒入塑料杯，兩杯黃澄澄的菠蘿雞尾酒就配制出來了。調制過程還真不複雜。勞倫把一杯菠蘿雞尾酒給關蘇月，說：「蘇月，你嚐嚐我調的雞尾酒味道怎麼樣。」

關蘇月拿起杯子，只見淡黃色的液汁從下到上跳躍著無數細小的氣泡，在吧臺射燈的光照下，晶瑩剔透，非常好看。她湊近鼻子聞了聞，有一股香濃的酒味和菠蘿味。關蘇月抿了一小口，清涼香甜，液汁從舌尖到喉頭，順著喉嚨而下。嗯，不錯，確實好喝！關蘇月對勞倫豎起大拇指，又連著喝了兩大口，她這時忘了飲料裡面含有酒精，把它當成純果汁飲料了。她端起杯子還要再喝時，勞倫拉住了她的胳膊，叫道，蘇月，請打住，這是酒不是飲料，你不能這樣喝。關蘇月愣了愣，這才意識到杯子裡面有酒，也不知道是不是心裡因素在起作用，她突然覺得頭有點發暈。

勞倫說：「你當是喝啤酒呀，一口灌下去，喝白酒不能這樣喝，一會兒你就會喝醉了。喝白酒，要慢慢來，最好同時吃一點東西。」關蘇月聽了勞倫的話，去廚房拿了一些番薯醬汁和土豆片，就著食物慢慢喝，喝到杯裡的酒只剩三分之一了。關蘇月第一次喝了這麼多的酒。

身後傳來一陣哄笑聲和女生的尖叫聲。關蘇月轉過身去看，原來一個男生喝醉了在跳街舞，大家都在看。勞倫站起身，對關蘇月說：「我們過去看看。」關蘇月搖頭說：「我不去，我覺得頭有些暈。」

勞倫走了。關蘇月踮著腳尖往人群裡看，她在找費迪南，沒有看見他，正在想，費迪南去哪裡了？有人拍她的肩，她回過頭，費迪南就站在她面前。

費迪南問她，蘇月，你在看什麼呢？

關蘇月說：「在找你呢，看你是不是喝醉了。」

費迪南在勞倫的椅子上坐下來，說：「我是不會喝醉的。」

關蘇月說：「那也不一定，一旦喝起來就會管不住自已了，還是少喝點好。」

費迪南沒有說話，拿起桌上的塑料酒杯看了看，問她，這裡面是什麼？

關蘇月說：「勞倫調的菠蘿雞尾酒。」

費迪南拿起杯子喝了一口，說：「嗯，有一點酒味。」

關蘇月說：「只有一點酒味嗎？裡面差不多有一半是酒。」

費迪南站起來，拉住了關蘇月的胳膊，說：「蘇月，你一個人在這裡太孤單了，走，跟我一起去喝酒。」

關蘇月沒有動，嘴巴嘟了起來，你知道我孤單，還不來陪我。

費迪南彎下腰親了一下關蘇月的額頭，說：「甜心，我等會就過來陪你。」說完，費迪南走了。

關蘇月失望地看著費迪南離開，眼裡突然有了淚水。

勞倫回來了，帶著一身的酒氣，身上穿的棉麻衫皺巴巴的，從肩膀到胸前都是紅顏色的酒漬。關蘇月說：「勞倫，你這是怎麼啦，被人打劫了？」勞倫又笑又罵地說：「一個混蛋喝醉了酒，把酒往我身上潑，你看我這件衣服，被他糟蹋成什麼樣子了……我是不會饒過他的，我要他賠我的衣服。」關蘇月看勞倫那副狼狽的樣子，不由得暗自慶幸，幸虧她沒有和勞倫去，不然的話，也會淪落到這般悲慘的境地。

空氣中的酒精味更濃了，旁邊有人在嘔吐，一種難聞的味道瀰漫過來，關蘇月覺得胃裡一陣翻騰，她站起來，對勞倫說：「這屋子裡的空氣太不好了，我想出去透透氣。勞倫沒有回她的話，也不知道她聽見沒有，嘴裡嘀嘀咕咕不知道在說些什麼。關蘇月看勞倫神神叨叨的樣子，猜想她也喝醉了。」

關蘇月穿過餐廳廚房來到起居室，舞池裡放著慢節奏樂曲，只有幾個人在跳舞，隨著音樂節奏，身子搖來擺去，像漂浮在水面的水草，一些人坐在周邊的沙發上。關蘇月四下看了看，沒有看見凱莉張。她看了看手機上的時間，十一點過五分，心裡想，凱莉張是不是回家了。

關蘇月拉開起居室一側的玻璃門，走了出去。

四十、與喬斯相遇

外面是一個大露臺，有一張方型桌子和幾把椅子，露臺兩邊放著一些盆栽植物。。

關蘇月看見對面欄杆邊站著一個人，一個男生，那人背對著她正在向遠處望。關蘇月沒有想到這個時候露臺上還有人，她遲疑了一下，這時，那人回過頭來，面對著她。從玻璃門透過來的燈光不足以讓關蘇月看清那人的臉，但身材，髮式，臉部的輪廓還是清晰可辯，關蘇月認出來了，不假思索地脫口而出，喬斯。被叫做喬斯的人，因為背光，顯然還沒有認出關蘇月來，站在那裡沒有作聲，待她走近了，認出來，是你呀，蘇月。

關蘇月驚喜地說：「我還以為你沒有來呢，想不到在這裡碰見你了。」

喬斯笑了一下，露出潔白的牙齒，說：「這個世界本來就很小。」

關蘇月說：「屋裡的空氣太糟糕了，我出來透透風。」說著，她深深吸了一口氣，外面的空氣真好，清新舒爽，帶著一股草木的清香，她的腦子好像被洗過了一樣，剛才還覺得暈暈乎乎的，一下子變得清醒了。

關蘇月問他，你怎麼在這裡？沒有進屋裡去？

喬斯說：「我在等我弟弟。」

關蘇月，你弟弟也在迪奧里高中，讀一年級？

喬斯說：「我弟弟在高二，我們是雙胞胎。」

關蘇月問：「你和你弟弟什麼時候來的，我怎麼沒有看見你？」

喬斯說：「我沒有和我弟弟一起來，我剛到，來了還不到五分鐘。」

關蘇月問：「你怎麼這麼晚才來呀？」

喬斯撓撓頭，說：「我不是來參加派對的，我是來接我弟弟回家的，他喝了酒，不能開車，我給他當司機。」原來是這樣，喬斯是來給他雙胞胎弟弟當代駕司機的。

你和你弟弟長得像嗎？

不是太像，我們走在一起，沒有人說我們是親兄弟。

關蘇月說：「喬斯，我猜想，你和你弟弟的性格也不一樣。」

喬斯問：「你為什麼會這樣想？」

關蘇月說：「你弟弟來參加派對，你卻沒有來，你是不是不喜歡派對。」

喬斯說：「也不是，我也參加派對，只是不像我弟弟，他是只要有派對就參加，不過，我和我弟弟的性格是不太一樣。」

關蘇月很想問喬斯，你弟弟也很你一樣聰明嗎？但話到嘴邊，還是沒有問。

起居室的舞曲嘎然而止，夜晚一下子變得安靜起來，站在露臺上，透過樹木之間的縫隙，能看到前面一片黑黝黝的草地，再過去就是那條柏油馬路，像一條黑色的皮帶伸向遠方，不時有一團亮光從上面快速閃過，那是夜裡行走的汽車。

這是一個無月有星的夜晚，深藍的夜空下，星星一閃一閃的，像一隻隻調皮的眼睛在眨著眼。突然，一顆帶有長長尾巴的流星在深藍的夜空劃過一道銀亮的弧線，開始很快，漸漸慢下來，戀戀不捨的樣子，然後一點一點地融化在夜空裡。

關蘇月看著星空，說：「我小的時候，外婆對我說，天上有多少星星，地上就有多少人，每一顆星星都代表地上的一個人，大人是大星星，小孩子是小星星。我相信了，晚上看星星的時候，我就專門找那些小星星看，猜想這中間哪一個星星是我。」

喬斯說：「你猜到了嗎，哪個小星星是你？」

關蘇月說：「沒有固定的，今天覺得這顆星星是我，明天又覺得另外一顆星星是我，有時我找不到我那顆星星了」，我外婆就說：「星星睡覺了，所以你找不到了，等明天星星醒來了，你就看見了。」

喬斯笑出聲來，你外婆真是太有意思了。

關蘇月也笑，連她自已都覺得奇怪，她居然把小時候的事都告訴了喬斯，而且那麼自然而然地就說出來了，她對費迪南都沒有說過。就在這時，關蘇月注意到左前方有一顆紅色的星星，像一塊紅色的寶石閃著光，比周圍的星星都要明亮。關蘇月從來沒有見過紅色的星星，很是驚奇，她伸出手來指著那顆紅星星，對喬斯說：「你看那邊的那顆星星，還是紅顏色的，那是顆什麼星星呀?」

喬斯順著她的手指望過去，我想想……那應該是火星，兩年前我看見過……你等等，喬斯拿出手機，迅速在上面撥拉了幾下，哈，我猜得沒錯，就是火星，現在正是火星衝日的時候，所以我們能夠看見這顆紅星星。

關蘇月聽得一頭霧水，問喬斯，你說什麼?什麼是火星衝月?

喬斯說：「火星和地球一樣，也是在圍著太陽轉，當火星和地球與太陽會合，三者幾乎都在一條直線時，也就是一百八十度時，這個時侯就叫火星衝日。」

關蘇月興奮起來，說：「這還是我第一次看見火星呢」，你剛才說：「你兩年前看到過一次，你的意思是，上一次火星衝月是在兩年前？」

喬斯說：「對，就是這樣，我們兩年才能看到一次。」

關蘇月問：「為什麼要隔兩年才能看到一次呢？」

喬斯解釋說：「這是因為火星離地球比較遠，有上億公里，因為離得太遠，所以我們平時見不到它，只有在火星運行到最靠近地球的時候，我們才能見到它。這個時候也就是我們說的火星衝月的時候，我們看到的火星也是最亮的，這種情況大約兩年才會出現一次。」

關蘇月不解地問：「那……為什麼火星的顏色是紅色的呢？」

喬斯說：「這是因為火星的土壤中含有大量的氧化物，經太陽一反射，看起來就是紅的了。」

關蘇月用一種仰慕的眼光看著喬斯，覺得喬斯真是太了不起了，不僅聰明，還懂得那麼多，好像什麼都難不住他似的。

露臺的門開了，有人走出來，關蘇月轉過身看，因為背光，她看不清那人的臉。這時，那人叫了一聲，蘇月。關蘇月聽出是費迪南的聲音。費迪南走過來看見喬斯，愣了愣，說：「是你呀，喬斯，我以為你今天不會來呢。」喬斯說：「我是來接蓋奇的。」費迪南拉著關蘇月的手，對喬斯說：「介紹一下，這是我的女朋友蘇月。」喬斯看看關蘇月，沒有說話。費迪南拉著關蘇月往門口走，關蘇月轉過身，對喬斯說：「Nice to talk to you. See you later.」

四十一、費迪南醉酒，欲強姦——

費迪南真的喝醉了，走路都走不穩，跌跌撞撞的。關蘇月害怕他摔倒，想掙脫他的手去扶著他，但費迪南拉著她的手不放，嘴裡嘀嘀咕咕地說：「喬斯是一個很無趣的家夥，也是個很古怪的人，你最好少和他來往……」

關蘇月說：「費迪南，你喝醉了。」

費迪南說：「我沒有喝醉，我今天沒有喝多少酒。」

關蘇月說：「你沒有喝醉，走個直線給我看看。」在美國，如果警察懷疑司機酒後開車，通常要司機做的第一件事就是讓他走直線。費迪南別說走直線了，要他站直了不晃動都做不到。關蘇月說：「我先扶你去休息一會兒。」費迪南說：「我們到樓上去，我還沒有帶你到樓上看過呢。」關蘇月又好氣又好笑，說：「你都喝成這樣子了，還帶我去參觀，我扶你上樓休息一會兒吧。」

起居室盡頭還有一個樓梯，關蘇月扶著費迪南上了二樓。二樓的走廊很寬，鋪著厚厚的淺黃色地毯。費迪南推開一個門走進去，關蘇月摸到門邊的開關，打開了燈。屋裡燈光不是很亮，發著淡淡的橘色，照得屋裡一片朦朧。

這是一間很大的臥室，全套歐式家具，屋中央有一個很大的床。關蘇月把費迪南扶到靠牆的沙發上坐下。費迪南斜靠在沙發上，說我想喝水。關蘇月說你等一下，我下樓去給你拿水來。費迪南擺擺手說：「你不用下樓去拿，這屋裡就有，窗戶那邊有一個冰箱，裡面有水。」

關蘇月繞過床走過去，果然看見一個咖啡色小冰箱，她打開冰箱門，裡面有礦泉水和一些飲料。關蘇月從裡面拿了一瓶水給費迪南。費迪南喝完水，用手抹了一把嘴，打了一個酒嗝，刺鼻的酒氣把關蘇月熏得往後退了一步。費迪南伸出手，示意關蘇月過來。昏暗的燈光下，費迪南的眼睛很亮，亮得像一對貓眼睛，關蘇月的心跳突然加快了。蘇月，你過來呀，費迪南伸出手來，關蘇月猶豫著伸出了手，費迪南抓住她的手使勁一拉，她便倒在了費迪南的身上，費迪南一把抱住她，狂熱地在她臉上唇上吻起來，他嘴裡的酒味直往她鼻子裡灌。關蘇月覺得一陣暈眩，費迪南一下把她抱了起來，扔到大床上，隨即身子撲到了她的身上。

關蘇月這時感到了恐懼，她用力想推開費迪南，但費迪南像一座山一樣壓在她身上，根本推不動……費迪南的手開始往下摸索，摸到了她褲子上的拉鏈，開始解她的褲子，關蘇月驚慌地用手去擋，嘴裡發出一連串No，No的聲音，但她的聲音很快就被費迪南的嘴堵住了……漸漸地，關蘇月感覺她的力氣用完了，她無力地停止了掙扎……費迪南停下來，側起身子開始解自己的褲子，關蘇月抬起手，用盡力氣給了費迪南一個耳光，費迪南冷不妨挨了關蘇月一巴掌，一隻手捂著臉愣住了，關蘇月趁機趕緊推開費迪南，跳下床，拉開房門衝了出去。

走廊裡沒有一個人，昏暗的燈光使走廊顯得更加幽深。關蘇月慌慌張張地朝走廊兩頭望，她想找到剛才上來的樓梯，但想不起來樓梯在哪個方向。她不敢在走廊停留，怕費迪南追出來，看到走廊的一端好像是一個客廳，便朝那個方向跑去。果然是個客廳，裡面擺著沙發和茶几，右邊是一排暗紅色落地窗簾，左邊是一排弧形玻璃欄杆，透過欄杆往下看，可以看到樓下的客廳。關蘇月急急穿過客廳，便看到了那個螺旋形的樓梯。關蘇月一顆懸著的心落了下來。她走下樓梯時，發現自己還提著褲子，連忙把褲子拉鏈拉了上去。

關蘇月蹬蹬蹬走下樓梯，徑直往那扇栗色大門走去，迅速打開門走了出去。

關蘇月出了大門，跑下臺階，這時，她的眼淚才刷地一下流了下來，像決了堤的水，洶湧而出。她跑到草地上，靠著一棵樹坐了下來，雙手抱住膝，把臉埋在臂彎裡痛哭起來。哭了一會，關蘇月突然想起，她今天晚上還得回學校去，她怎麼回去呢？她是絕對不會要費迪南或者他的朋友送她回去的。她想起凱莉張，剛才在起居室沒有看見她，不知道她是不是回家了，如果凱莉張還在費迪南家裡的話，她可以坐凱莉張的車回學校。

關蘇月停止哭泣，用手背抹掉眼淚，拿出手機，找到凱莉張的手機號打了過去，電話響了兩聲後，傳來凱莉張的一聲嗨。

關蘇月說：「凱莉張，你現在在哪裡？」

凱莉張說：「我回家了，剛剛到家。」

關蘇月聽凱莉張已經到家了，半天說不出話來，這可怎麼辦？她想到坐公交車回學校，可是她不知道市裡的公交車現在還開不開，即便還開的話，她要去哪裡坐公交車？

凱莉張等了一會，沒有聽到關蘇月說話，大概覺出了異樣，問她，蘇月，你沒事吧？

你怎麼不說話？

關蘇月張了張嘴，我，我……她的喉嚨哽住了。

凱莉張在那邊著急了，問：「蘇月，你怎麼啦？你說話呀。」

關蘇月再也忍不住，哭出了聲。凱莉張的聲音提高了，蘇月，你不要哭，Calm down（鎮靜下來），你告訴我，你現在在哪裡？

關蘇月忍住哭，抽咽著說：「我，我在費迪南家門口，我想回學校。」

凱莉張說：「蘇月，我馬上來接你，你就在費迪南家門口等我。」

四十二、不能輸在起跑線上

夜深了，參加聚會的學生在陸續離開，不斷有人從大門口走出來，汽車啟動的聲音此起彼伏，一輛輛汽車從費迪南家的院子裡開出，消失在茫茫的夜色中。關蘇月不願被人看見，躲在樹的陰影裡。夜變得越來越冷了，她把衣服後面的帽子拉上來，雙手交叉抱在胸前，目光一動不動地地盯著環形車道的入口處，等著凱莉張的到來。

一輛白色的車子開了過來，關蘇月認出來是凱莉張的那輛凱美瑞，她趕緊走上前去，車子在她面前停下來，她沒有等車停穩，便打開副駕駛車門坐了進去。車子沿著環形車道調轉車頭，開出費迪南家的院子和私家車道，轉上了柏油馬路。馬路上沒有路燈，周圍是一片深沈而厚重的黑，只有車燈的光柱如一柄利劍劃破漆黑的路面。

兩人都沒有說話，關蘇月呆呆地看著前方。

車子駛進普羅多納市區，四周變得明亮起來，街旁的路燈發著柔和的光，建築物上的廣告閃閃爍爍。凱莉張減慢了車速，她看了關蘇月一眼，問她，蘇月，你告訴我，到底發生了什麼事？

關蘇月的嘴唇顫抖著，好半天才說出來，我今天晚上差點被費迪南強奸了。

你說什麼？費迪南企圖強奸你？凱莉張頓時花容失色，聲音都變了調。

關蘇月突然想起，凱莉張以前喜歡過費迪南，她會不會相信自己的話呢，也許不應該告訴她。可是話已經說出了口，想收也收不回來了，既然如此，那就把事情的經過告訴凱莉張，信不信就由她了。關蘇月深深吸了兩口氣，努力讓自己平靜下來，然後，她把事情的經過告訴了凱莉張，她說的時候，眼淚又不知不覺地湧了上來，她不時地吸著鼻子，不停地用手背把眼淚抹掉。

關蘇月說完之後，車裡一陣沈默。過了一會，凱莉張說話了，蘇月，你打算怎麼辦，打算報警嗎？

關蘇月被凱麗張說的報警這兩個字嚇了一跳，她還真沒有想到過報警。雖然費迪南酒醉後對她欲行不軌，但她畢竟逃脫了，沒有受到傷害，她現在想的只是和費迪南徹底分手，再也不和他來往。關蘇月說：「我沒有想過要報警。」

凱莉張說：「這叫強奸未遂，你是可以報警的。」關蘇月看看凱莉張，見她的表情嚴肅，不像是隨口說出來的，她的心裡頓時充滿了感激之情，凱莉張是相信她的，她並沒有為費迪南說話。

關蘇月問：「報了警會怎麼樣呢？」

凱莉張說：「報了警，警察就會立案調查，如果情況屬實，費迪南會受到懲罰，可能還會關進監獄。」

關蘇月聽了，咬著下嘴唇，心裡頓時翻江倒海起來。警察立案調查，怎麼查？現場沒有證人，她也拿不出證據來，畢竟是強奸未遂。而且，只要警察一立案，這事就傳出去了，她就成為新聞人物了，成為所有人議論的中心，人們會在她背後指指點點……關蘇月這麼一想，就覺得渾身的雞皮瘩都起來了，還有，如果警察調查後，認為她的指控屬實，把費迪南抓起來……她真的希望費迪南被抓起來，關進監獄嗎？關蘇月不敢想下去，她並不想因為這件事，毀掉費迪南的一生。

關蘇月搖頭，我不想報警。

凱莉張看了關蘇月一眼，沒有說話。

車子到了十字路口，從這裡往左轉，去凱莉張家，往右轉，去迪奧里高中。凱莉張說：「蘇月，這麼晚了，你就不要回學校了，今天晚上就住在我家，明天我帶你出去逛逛，散散心。」

關蘇月搖頭，說：「我還是回學校吧。再說了，學校也有規定，我們要在外面過夜的話，必須要有監護人的簽名許可。」

關蘇月回到宿舍，梅蘭妮睡得正香，在輕聲打鼾，發出一種風吹柳葉梢的沙沙聲。關蘇月打開手機，看見裡面有母親來的一個未接電話，母親還送了一條短信，說：「月月，給我回電話。」關蘇月沒有回，把手機關了。

關蘇月拿著浴巾去了浴室，洗了她有生以來最長的一次淋浴，她一遍遍用浴液反覆擦，直擦得皮膚通紅，感到火辣辣的疼為止。

費迪南強奸未遂的事還是被一個匿名人舉報了，警察來抓費迪南的時候，迪奧里高中橄欖球隊正在和一個外州高中球隊在比賽。費迪南是在球場上，在幾百雙眼睛睽睽之下，被警察帶上手銬抓走的。關蘇月跑回宿舍，撲到床上大哭了一場……關蘇月醒了，滿臉都是淚水，她懵懵懂懂地坐起來，看見窗外微亮的晨曦，才知道自己只是做了一個夢。

關蘇月再次醒來時，天已經大亮。梅蘭妮不在宿舍裡。關蘇月打開手機，九點三十二分。手機裡有一條新短信，是母親來的，問她，月月，你昨天晚上做什麼去了，為什麼不給我打電話？

關蘇月輕輕嘆了口氣，撥了母親的電話號碼。母親好像正在等著她的電話，鈴聲響了一遍就接了，說：「月月，我昨天晚上給你打電話，你怎麼不接？也不給我打過來？」

關蘇月說：「我昨天去同學家玩了，手機沒有帶到身上。」關蘇月沒敢告訴母親，她是去參加一個派對，她怕母親會沒完沒了地問下去。那次關蘇月去凱莉張家參加她的生日聚會，母親問了她十幾個問題，關於凱莉張的家，關於她的父母親，關於參加聚會的同學，還有吃了什麼，喝了什麼，做了什麼？簡直比警察查戶口還要囉嗦，她不知道母親是因為好奇，還是對她不放心。

母親說：「你去哪個同學家？是凱莉張家嗎？」

關蘇月含糊地嗯了一聲，心裡祈禱母親不要繼續問下去，但如果母親一定要問的話，她只能胡編亂造了。

母親沒有問下去，她有重要的事要說。母親問關蘇月，你這兩天看了你的電子郵件嗎？關蘇月說：「沒有。」這個週末，關蘇月都沒有查看她的電子郵箱。母親說：「你現在就打開你的電子郵箱，看看有什麼好消息。」什麼好消息？關蘇月心裡納悶著，她拿過桌子上的手提電腦，輸入密碼，打開電子郵箱。她在未讀郵件裡看見一封來自安多利高中的電郵。安多利高中是她申請轉學的學校。大約一個月以前，關蘇月接到過一封安多利高中發來的郵件，信裡說：「雖然學校目前沒有錄取她，但學校可以把她放在等待名單中（waitlist），如果最後招生名額有空缺的話，會考慮錄取她。」關蘇月當時回了電郵，表示願意留在等待名單中。不過，關蘇月也沒有抱多大希望，畢竟想進安多利高中的留學生太多了。但就她個人意願來說：「她並不希望被安多利高中錄取，這樣她就可以繼續待在迪奧里高中了。」難道說：「母親說的好消息就是這個，她被安多利高中錄取了。關蘇月心裡咯噔了一下，她打開郵件，果然，信中第一句就是祝賀她被安得利中學錄取！關蘇月突然熱淚盈眶，她覺得這封錄取信來得真是太及時了！」

母親在那邊已經等得不耐煩了，月月，你看到安多利高中的郵件了嗎？裡面說了什麼？是不是說你被學校錄取了？

關蘇月回過神來，說：「是的，媽媽。我被安多利高中錄取了。」

母親的笑聲傳了過來，月月，恭喜你考上了安多利高中，我說得沒錯吧，你當初就是托福成績差了點，現在好了，如願以償了，這都是你努力的結果，還是那句話，我們不能輸在起跑線上。

關蘇月默默聽著，已經是淚流滿面……

國家圖書館出版品預行編目資料

起跑線 / 文揚著. -- 初版. -- 臺北市 : 博客思出版事業網, 2021.10
面； 公分
ISBN 978-986-0762-05-1(平裝)
857.7 110012350

現代小説1

起跑線

作　　者：文揚
主　　輯：楊容容、陳勁宏
美　　編：陳勁宏
封面設計：陳勁宏
出 版 者：博客思出版事業網
發　　行：博客思出版事業網
地　　址：台北市中正區重慶南路1段121號8樓之14
電　　話：(02)2331-1675或(02)2331-1691
傳　　真：(02)2382-6225
E-MAIL：books5w@gmail.com或books5w@yahoo.com.tw
網路書店：http://bookstv.com.tw/
https://www.pcstore.com.tw/yesbooks/
https://shopee.tw/books5w
博客來網路書店、博客思網路書店
三民書局、金石堂書店
經　　銷：聯合發行股份有限公司
電　　話：(02) 2917-8022　傳 真：(02) 2915-7212
劃撥戶名：蘭臺出版社　帳號：18995335
香港代理：香港聯合零售有限公司
電　　話：(852)2150-2100　傳真：(852)2356-0735
出版日期：2021年10月 初版
定　　價：新臺幣280元整（平裝）
ISBN：978-986-0762-05-1